Подросточки

Варвара Андреевская

Подросточки

© Bibliotech Press, 2021

ISNB: 978-1-63637-711-7

ОГЛАВЛЕНІЕ

Домикъ въ лѣсу

Вѣрочка Долина только-что встала послѣ тяжкой болѣзни, и хотя, по словамъ лѣчившихъ ее докторовъ, была уже внѣ всякой опасности, но тѣмъ не менѣе чувствовала еще такую слабость, что положительно не могла ходить; вслѣдствіе чего ее по нѣсколько разъ въ день катали въ креслѣ, какъ разслабленную старушку; кромѣ того она почти ничего не кушала, — все ей казалось невкуснымъ, противнымъ, гадкимъ.

Анна Львовна, — такъ звали мать дѣвочки, — очень этимъ тревожилась, въ особенности когда доктора однажды объявили, что окончательное выздоровленіе должно послѣдовать только въ такомъ случаѣ, если появится аппетитъ — а его-то какъ разъ и не было!

— Что тутъ дѣлать? Какъ быть! — съ отчаяніемъ повторяла несчастная мать, и, послѣ долгихъ размышленій, въ концѣ-концовъ порѣшила безотлагательно вести Вѣрочку въ деревню, надѣясь, что свѣжій воздухъ и новая обстановка навѣрное принесутъ желаемую пользу.

Вѣрочка была единственною дочерью Анны Львовны: она въ ней, какъ говорится, души не лаяла, въ особенности съ той поры, какъ нѣсколько лѣтъ тому назадъ лишилась сначала старшей дѣвочки, Наташи, умершей скоропостижно въ имѣніи бабушки, пока она сама съ больнымъ мужемъ жила за границей, а потомъ и мужа, который, по слабости здоровья, не могъ перенести подобнаго удара.

Легко себѣ представить ужасъ и отчаяніе Анны Львовны: бѣдная женщина не могла опомниться отъ одного горя, а тутъ вдругъ на голову надвинулась новая гроза!

— Да, да, въ деревню! Скорѣе въ деревню...— повторяла она, уцѣпившись за эту мысль, какъ утопающій за соломенку, и, не откладывая дѣла въ долгій ящикъ, при первой возможности, привела задуманный планъ въ исполненіе.

Вѣрочка очень пассивно отнеслась къ извѣстію о предстоящей поѣздкѣ, какъ вообще относилась ко всему... Ее ничто не радовало, ничто не огорчало... Словомъ, бѣдняжка находилась въ такомъ тяжеломъ состояніи, что трудно передать.

Переѣздъ совершился благополучно; большую часть дороги приходилось дѣлать въ вагонѣ, остальную на лошадяхъ. Вѣрочка почти все время оставалась въ какомъ-то забытьи.

— Посмотри какіе прекрасные цвѣты,— обратилась къ ней Анна Львовна, ласково взявъ ее за руку и указывая на широкую поляну, которая дѣйствительно почти сплошь была покрыта самыми разнообразными цвѣтами, всевозможныхъ видовъ и оттѣнковъ.

Вѣрочка лѣниво вскинула глазами, едва повернула голову и постаралась улыбнуться; но, Боже мой, что это за ужасная вышла улыбка!.. Она скорѣе напоминала гримасу или судорогу. Глядя на нее, сердце несчастной матери обливалось кровью.

Въ продолженіе первыхъ двухъ недѣль послѣ переѣзда въ деревню, Вѣрочка однако нѣсколько оправилась; чистый благотворный воздухъ не могъ не оказать своего вліянія; маленькая больная окрѣпла настолько, что начала понемногу интересоваться окружающею обстановкою, и неоднократно заявляла желаніе какъ можно дольше оставаться на дворѣ, требуя, чтобы ее отвозили отъ дома все дальше и дальше.

Въ одну изъ подобныхъ прогулокъ, горничная Дуня, на которой лежала обязанность катать кресло, предложила

Вѣрочкѣ доѣхать до сосѣдняго лѣса, сказавъ, что въ глубинѣ его находится очень красивый домикъ лѣсничаго, который имѣетъ большой огородъ, гдѣ растетъ очень много ягодъ.

— Пожалуй, — согласилась Вѣрочка: — я не прочь взглянуть на его домикъ, если тебѣ не будетъ затруднительно такъ далеко катить меня.

— О, барышня, нисколько, — возразила Дуня.

— Онъ живетъ одинъ?

— Нѣтъ, съ пріемной дочерью.

— Большая она или маленькая?

— Какъ вамъ сказать? Пожалуй, вашихъ лѣтъ будетъ, или немного старше; а какая умница, ежелибъ вы знали, какая ловкая, проворная... одна цѣлымъ домомъ управляетъ, хозяйничаетъ...

— Развѣ у нея нѣтъ матери?

— Можетъ быть и есть, только она ее не знаетъ.

— Какимъ образомъ? я не понимаю, что ты хочешь сказать.

— Ахъ, барышня, это цѣлая исторія, и очень печальная; если вы познакомитесь съ Наташей, — такъ зовутъ эту дѣвочку, — то она когда-нибудь сама вамъ разскажетъ все. И не знаю подробностей; мнѣ извѣстно только, что Наташа была найдена старымъ лѣсникомъ однажды въ лѣсу зимою, полумертвою отъ холода; еслибы онъ не сжалился надъ нею и не привелъ къ себѣ, то она навѣрное замерзла бы...

— Бѣдняжка! Какъ бы мнѣ хотѣлось видѣть ее, — воскликнула Вѣрочка, крайне заинтересованная словами горничной, которая во все время разговора продолжала

3

катить поставленное на колеса кресло впередъ и впередъ безостановочно.

— Вотъ и пріѣхали,— сказала она наконецъ, указывая рукою на виднѣвшійся поблизости домикъ съ соломенною крышею.

— Но подъ какимъ предлогомъ мы туда явимся?

— Да просто спросимъ молока или ягодъ.

— Это не покажется неловкимъ?

— Нисколько; туда дачники постоянно заходятъ, Наташа очень охотно подаетъ все, что у нея спрашиваютъ; вы чего бы желали потребовать?

— Ахъ, Дуня, развѣ ты не знаешь, что я не хочу ничего и что мнѣ все противно!

— Вотъ видите, барышня, какія вы! А доктора только и твердятъ, что вамъ надо больше кушать,— отозвалась горничная, взглянувъ съ состраданіемъ на больную.

— Что же дѣлать, если не могу; доставь мнѣ удовольствіе, спроси для себя чего-нибудь, иначе вѣдь дѣйствительно неудобно.

Дуня сначала не хотѣла согласиться, но затѣмъ, видя настоятельное требованіе Вѣрочки, принуждена была уступить.

Нѣсколько минутъ собесѣдницы подвигались впередъ молча.

— Жаль будетъ, ежели мы не застанемъ Наташу,— заговорила наконецъ Вѣрочка.

— Этого не можетъ случиться,— возразила Дуня.

— Почему?

— Потому что она почти никуда не выходить, и, какъ я уже сказала вамъ, цѣлый день исключительно занимается хозяйствомъ; да вотъ постойте, никакъ она легка напоминѣ и сама идетъ сюда.

Изъ-за угла дѣйствительно показалась какая-то дѣвочка, держа въ рукахъ лейку, и очевидно направляясь въ расположенный по близости огородъ, чтобы поливать гряды.

— Это она?— шепотомъ спросила Вѣрочка.

Горничная утвердительно кивнула головой, и затѣмъ, обратившись къ маленькой крестьянкѣ, вѣжливо попросила принести кружку молока и немного ягодъ. Наташа немедленно повиновалась; поставивъ лейку на траву, она сію же минуту побѣжала въ погребъ, откуда живо принесла то и другое.

— Кушайте, барышня, на здоровье, — сказала она Вѣрочкѣ:— молоко самое свѣжее, холодное, а ягоды только часъ тому назадъ собраны съ огорода.

— Благодарю, — отвѣчала Вѣрочка, и молча передала Дунѣ только что принесенное угощенье.

— Вы больны?— продолжала между тѣмъ маленькая крестьянка, ласково взглянувъ на Вѣрочку.

— Да, я была очень больна; теперь мнѣ легче, только слабость еще чувствую и не могу ходить.

— Вы должны больше кушать.

— Въ томъ то и бѣда, что мнѣ все кажется невкусно.

— Какъ жаль! А у насъ такое чудное молоко; выпейте полчашки.

— Нѣтъ, спасибо; пускай за меня выпьетъ Дуня.

— Тогда позвольте принести вамъ хотя козьяго.

— Козьяго?— съ удивленіемъ переспросила Вѣрочка:— развѣ его пьютъ?

— Нѣкоторые даже очень охотно.

— Я никогда не пробовала.

— Попробуйте.

И не дожидая отвѣта, дѣвочка снова пустилась бѣжать по направленію къ погребу, откуда черезъ нѣсколько минутъ вернулась, держа въ рукахъ кружку, наполненную свѣжимъ козьимъ молокомъ.

— Попробуйте,— повторила она:— козье молоко для больныхъ въ особенности полезно.

Вѣрочка нерѣшительно поднесла къ губамъ кружку и послѣ перваго же сдѣланнаго глотка объявила, что козье молоко ей очень нравится.

— Если бы вы могли приносить къ намъ это молоко каждый день, то моя госпожа была бы вамъ очень благодарна,— съ радостью замѣтила тогда Дуня.

— Съ. большимъ удовольствіемъ,— отозвалась Наташа:— у насъ его много.

Вѣрочка, между тѣмъ, съ наслажденіемъ выпила цѣлую кружку, и пробывъ еще съ полчаса около маленькаго домика

6

съ соломенною крышею, очень неохотно отправилась въ обратный путь: ей хотѣлось подольше остаться съ Наташей, она находила ее крайне симпатичною, и кромѣ того нѣсколько разъ собиралась просить разсказать свою печальную исторію: но затѣмъ, пораздумавъ, разсудила весьма основательно, что при первой встрѣчѣ оно можетъ показаться неловкимъ.

— Такъ мы будемъ ожидать молока,— сказала Дуня, прощаясь съ пріемною дочерью лѣсничаго.

— Непремѣнно, — отозвалась послѣдняя. И дѣйствительно, съ наступленіемъ слѣдующаго дня, каждое утро аккуратно являлась на мызу Анны Львовны, чтобы снабжать Вѣрочку козьимъ молокомъ, которое, отличаясь своимъ цѣлебнымъ свойствомъ, по прошествіи самаго непродолжительнаго времени оказало на нашу маленькую больную такое благотворное вліяніе, что она двигалась и ходила безъ посторонней помощи совершенно свободно.

Анна Львовна воспрянула духомъ, и, конечно, видя свою дорогую дѣвочку здоровою, считала бы себя совершенно счастливою, еслибы могла допустить возможность. счастья при томъ грустномъ настроеніи, въ которомъ находилась, вслѣдствіе тяжелыхъ думъ о невозвратныхъ утратахъ; что же касается Вѣрочки, то она, конечно, чувствовала себя превосходно, не желала ничего лучшаго, и жалѣла объ одномъ, что Наташа постоянно приходила слишкомъ рано, и имъ никакъ не удавалось побесѣдовать; нѣсколько разъ она сама, нарочно съ этой цѣлью отправлялась черезъ лѣсъ въ домикъ лѣсничаго, но тамъ Наташу всегда заставала настолько занятою разными домашними дѣлами, что о разговорѣ нечего было и думать; а ей такъ хотѣлось узнать печальную исторію маленькой дѣвочки, которой она была обязана спасеніемъ собственной жизни… такъ хотѣлось разспросить ее... и въ свою очередь постараться оказать какую-нибудь услугу...

Однажды — это было какъ разъ въ праздничный день — Вѣрочка, съ разрѣшенія матери, отправилась въ домикъ лѣсничаго, рѣшивъ во что бы то ни стало добиться давно желаннаго разговора.

Наташу она застала въ большихъ хлопотахъ: къ ея отцу (какъ она обыкновенно называла старика лѣсничаго Михея) вчера издалека пріѣхала сестра, которой Михей чрезвычайно обрадовался и которую онъ не видѣлъ уже болѣе десяти лѣтъ; надо было позаботиться о завтракѣ, объ обѣдѣ.

Гостья съ перваго разу не сдѣлала особенно пріятнаго впечатлѣнія на Наташу, но потомъ, когда она послѣ ужина долго о чемъ то шепотомъ разговаривала съ лѣсничимъ и при этомъ горько плакала — ей стало жаль ее.

— О чемъ же они говорили?— спросила Вѣрочка.

— Не могу сказать, барышня, они говорили Такъ тихо, что я ничего не слыхала; только, должно быть, о чемъ-нибудь Очень серьезномъ, потому что папа мой сегодня просто на себя непохожъ... и она тоже самое; оба какіе то скучные, растерянные... Смотрятъ на меня такъ странно, точно я въ чемъ виновата передъ ними, или они передо мной...

— А раньше ты не видѣла здѣсь эту женщину?— перебила Вѣрочка.

— Никогда.

— Ты называешь лѣсничаго отцомъ, а я все думала, что онъ приходится тебѣ дѣдушкой...— продолжала Вѣрочка, невольно потупившись при мысли, что наконецъ наступаетъ рѣшительная минута, когда она можетъ приступить къ дѣлу.

— Собственно говоря, онъ мнѣ никакъ не приходится,— возразила Наташа:— я его называю отцомъ потому, что онъ меня кормитъ и воспитываетъ.

— А гдѣ же твой настоящій отецъ, гдѣ твоя мама?

— Не знаю, милая барышня, а какъ бы хотѣлось узнать... Старикъ лѣсничій очень добрый, онъ обращается со мною хорошо, любитъ, бережетъ, никогда не обижаетъ, но это все не то, какъ посмотришь на другихъ дѣвочекъ, у которыхъ есть свои родные папа и мама.

Въ голосѣ Наташи слышались слезы.

— Почему же ты живешь здѣсь, а не дома? Разскажи пожалуйста, разскажи подробно, если это не секретъ.

— Какой секретъ! вся деревня знаетъ, что я не родная дочка Михею. Онъ подобралъ меня въ лѣсу, когда я совсѣмъ замерзала..

— Но въ лѣсъ-то ты вѣдь пришла откуда-нибудь?

— Почему же онъ не отвелъ тебя обратно?

— Когда Михей принесъ меня на рукахъ вотъ въ эту избушку, отогрѣлъ и привелъ въ чувство, я сама со слезами умоляла позволить мнѣ остаться туть, и, несмотря на всѣ его разспросы, кто я такая, откуда пришла и почему не хочу вернуться обратно, отвѣчала только одними рыданіями: ну, онъ сжалился и оставилъ.

— Но потомъ, современемъ, ты, конечно, ему объяснила все?

Наташа отрицательно покачала головой.

— Нѣтъ; сначала я боялась всякихъ объясненій, а потомъ онъ даже пересталъ и допытываться, видя, что послѣ каждаго подобнаго разговора, я принималась плакать.

— Слѣдовательно, онъ и до сихъ поръ ничего не знаетъ?

— Ничего.

— Ну, а сама-то ты помнишь, какими судьбами очутилась въ лѣсу?

— Помню.

— И помнишь, откуда пришла туда?

— Помню.

— Почему же тебѣ не хотѣлось все чистосердечно разсказать Михею?

— Я боялась, что онъ отведетъ меня обратно.

— Куда? — допытывалась Вѣрочка.

— Туда, откуда я пришла, — уклончиво отвѣчала Наташа.

Въ эту минуту позади раздался шорохъ; обѣ дѣвочки обернулись и увидѣли въ нѣсколькихъ шагахъ отъ себя высокую, худощавую старуху; она была одѣта во все черное, глаза ея казались заплаканными, а блѣдное, изнуренное лицо выглядѣло сильно взволнованнымъ.

— Я слышала вашъ разговоръ, — обратилась она къ Наташѣ дрожащимъ голосомъ: — ты должна во что бы то ни стало разсказать все подробно... Прошу тебя объ этомъ... Умоляю... Слышишь, умоляю! — добавила она послѣ минутнаго молчанія, взглянувъ на дѣвочку такимъ долгимъ, испытующимъ взглядомъ, что послѣдняя невольно потупилась.

Вѣрочка догадалась, что передъ ними стоитъ сестра лѣсничаго, и не могла понять, почему ей вздумалось такъ настоятельно требовать признанія.

— Чего вы отъ меня хотите?— спросила между тѣмъ Наташа.

— Чтобы ты сказала, гдѣ находилась до той минуты, пока мой братъ нашелъ тебя въ лѣсу, и зачѣмъ ты туда попала?

— Я убѣжала изъ цыганскаго табора,— отрывисто проговорила Наташа,— и затѣмъ, точно испугавшись собственныхъ словъ, хотѣла удалиться, но старуха удержала ее.

— Ты убѣжала изъ цыганскаго табора?— повторила она, дѣлая удареніе на каждомъ словѣ — изъ цыганскаго табора?..— Значитъ, я не ошиблась... Значитъ, это правда! О, Господи, благодарю тебя! Наконецъ-то, кажется, наступаетъ предѣлъ моимъ страданіямъ... Говори скорѣе, дорогая дѣвочка, какимъ образомъ ты попала въ таборъ? Вѣдь ты не родилась цыганкою, а попала туда случайно...

Наташа медлила отвѣтомъ.

— Не бойся, ты больше туда не воротишься,— продолжала старуха, какъ бы угадывая, что ея маленькая собесѣдница не рѣшается говорить изъ страха.

— Цыгане украли меня, когда я была очень маленькою,— отвѣчала Наташа, которая сама, охваченная какимъ-то непонятнымъ волненіемъ, молчать дольше была не въ силахъ; я гуляла въ полѣ съ няней... Няня утомилась, прилегла на траву и крѣпко заснула, а я, увлекаясь васильками, незамѣтно для самой себя отошла отъ нее, должно быть, очень далеко, такъ какъ, сколько ни звала, сколько ни кричала, она не могла меня слышать... Вмѣсто нея ко мнѣ подошла отвратительная старая цыганка, и, не обращая вниманія на мои крики, повела къ себѣ силою... Съ тѣхъ поръ начались страшные, тяжелые дни, о которыхъ я до сихъ поръ не могу вспомнить безъ содроганія... Я питалась

Богъ знаетъ чѣмъ, спала на голой землѣ... Меня учили пѣть разныя глупыя пѣсни, плясать и выдѣлывать всевозможныя штуки; били, когда это не удавалось, заставляли просить милостыню.

— Бѣдная, дорогая моя Наташа, вѣдь это я одна во всемъ виновата!.. — вскричала вдругъ совершенно неожиданно сестра Михея, слушавшая разсказъ дѣвочки съ величайшимъ вниманіемъ и бросившись цѣловать ея руки.

Наташа смотрѣла на нее удивленными глазами, Вѣрочка то же самое.

— Да, да, я одна во всемъ виновата, — продолжала между тѣмъ старая женщина: — ты не узнаешь меня, конечно, а я вѣдь та самая няня, которая не съумѣла тогда уберечь тебя и сдѣлала несчастною.

— Какъ! — вскричала Наташа: — значитъ, ты знаешь, гдѣ находятся теперь мои родители, моя бабушка... Знаешь, кто я такая?

— Кто ты такая и гдѣ находится въ данный моментъ твоя бабушка, мнѣ извѣстно; но что касается родителей — нѣтъ; я потеряла ихъ изъ виду съ тѣхъ поръ, какъ съ тобою приключилось несчастіе; бабушка, у которой ты жила, пока отецъ и мать находились за границей, узнавъ обо всемъ случившемся, немедленно выгнала меня вонъ, причемъ, когда послѣ неоднократныхъ поисковъ оказалось что ты пропала безъ вѣсти, родителямъ твоимъ написали будто ты скоропостижно скончалась; по мнѣнію бабушки, подобное извѣстіе для нихъ должно было быть легче... Отецъ твой, однако, говорятъ, умеръ съ отчаянія, а мать навѣрное до сихъ поръ убивается...

— У меня была еще маленькая сестричка... Я ее смутно помню... Ты ничего не знаешь о ней?

12

— Нѣтъ же; говорю тебѣ, что положительно всю твою, семью потеряла изъ виду.

— А о томъ, что я нахожусь здѣсь, у Михея, какимъ образомъ ты провѣдала?

— Одна наша общая съ нимъ дальняя родственница сообщила мнѣ, что Михей нѣсколько лѣтъ тому назадъ нашелъ въ лѣсу какую-то бѣдную дѣвочку и взялъ къ себѣ на воспитаніе... Услыхавъ это, я почувствовала, что меня точно ножомъ въ сердце кольнуло, точно кто подсказалъ, что эта дѣвочка должна быть ты — я бросила все... Отказалась отъ мѣста, отъ работы, и какъ безумная пустилась въ путь-дорогу, считая минуты, чтобы скорѣе увидать брата и узнать отъ него истину; но братъ въ этомъ дѣлѣ знаетъ столько же, сколько я сама; вчера мы съ нимъ протолковали касательно тебя чуть не до разсвѣту, и хотя много данныхъ заставляютъ думать, что я наконецъ напала на желанный слѣдъ, но въ общемъ я все-таки еще сомнѣвалась... Мнѣ хотѣлось разспросить тебя, но братъ предупредилъ, что ты не любишь никакихъ разспросовъ, и никогда не дашь на нихъ точнаго отвѣта... У сейчасъ вдругъ слышу разговоръ вашъ съ маленькой барышней! О, самъ Господь натолкнулъ меня сюда... Какъ я рада, какъ счастлива; съ сегодняшняго же дня приступаю къ поискамъ твоей матери, чтобы сообщить ей Неожиданную радость.

— Вамъ не далеко придется искать ее, — вмѣшалась Вѣрочка и, разразившись громкимъ рыданіемъ, бросилась обнимать пораженную подобной неожиданностью Наташу.

— Что вы хотите сказать? — спросила старуха съ недоумѣніемъ.

— Я хочу сказать, что эта дѣвочка по всей вѣроятности моя родная сестра... Что она та самая Наташа, которую мама

13

оплакиваетъ давно... Оплакиваетъ постоянно... Господи, какъ она будетъ счастлива, а я то... я... Да я просто готова съума сойти отъ радости, что у меня такая славная сестричка!

Съ этими словами Вѣрочка крѣпко схватила за руку Наташу и потащила ее почти бѣгомъ по направленію къ мызѣ; старуха едва успѣвала слѣдовать за ними...

Не берусь описывать того радостнаго волненія, которое пришлось переживать всѣмъ героямъ моего маленькаго разсказа, когда Вѣрочка, вихремъ Ворвавшись въ комнаты, въ короткихъ словахъ, захлебываясь отъ сильнаго внутренняго волненія, сообщила матери обо всемъ случившемся.

Анна Львовна въ первую минуту рѣшительно ничего не могла понять и даже испугалась, полагая, что Вѣрочка снова заболѣла и начинаетъ бредить; но затѣмъ, когда вслѣдъ за нею на порогѣ появилась знакомая фигура бывшей няньки, которая въ точности подтвердила и выяснила факты, мало-по-малу: увѣровала въ истину, и, заливаясь слезами, заключила въ объятія свою дорогую Наташу.

Какъ мать, такъ равно и дочь не нуждались больше ни въ какихъ подтвержденіяхъ... Въ этомъ объятіи сказалось все: оба любящія сердца не только безъ словъ или объясненій, но даже безъ малѣйшаго намека поняли и догадались, насколько они одно другому близки, дороги...

— Милая, дорогая...— шепотомъ твердила Анна Львовна:— какое счастье — ты жива, ты здѣсь съ нами, въ родной семьѣ... Ахъ, еслибы твой отецъ могъ теперь насъ увидѣть.

— Мамочка, ненаглядная,— такъ же тихо отвѣчала Наташа и, припавъ своей золотистой головкой къ груди матери, казалось, хотѣла выплакать на ней все то горе, которое ей пришлось пережить за время пребыванія въ цыганскомъ таборѣ...

Вѣсть о неожиданномъ событіи въ семьѣ Долиныхъ быстро разнеслась не только на мызѣ, но даже въ цѣлой деревнѣ; не было ни одного дома, ни одной хижинки, гдѣ бы не говорилось и не трактовалось о томъ, что хорошенькая Наташа, бывшая пріемная дочь лѣсника Михѣя, изъ прежней крестьянской дѣвочки вдругъ преобразилась въ богатую барышню; но такъ какъ Наташу всѣ знакомые очень любили за кроткій нравъ и доброе сердце, то у нея завистниковъ не оказалось, какъ можетъ быть случилось бы съ каждою другой; всѣ, начиная отъ стариковъ и кончая малымъ ребенкомъ, непритворно радовались ея радости.

Анна Львовна въ тотъ же день написала матери обо всемъ случившемся, прося ее немедленно пріѣхать взглянуть на дорогую внучку; Михея она непремѣнно тоже хотѣла перетащить на мызу, предлагая ему мѣсто управляющаго; но онъ ни за что не соглашался разстаться со своей хижинкой, категорически заявивъ, что, пока живъ и имѣетъ силы, никому не уступить своего званія лѣсничаго.

Вѣрочка и Наташа очень часто приходили навѣщать его; прогулка къ домику, въ лѣсу, была ихъ любимою прогулкою, во время которой онѣ каждый разъ съ новымъ удовольствіемъ вспоминали тотъ радостный и незабвенный для нихъ день, когда бывшей нянѣ въ кондѣ-концовъ удалось возвратить несчастной матери ребенка, котораго она считала давно уже погибшимъ.

Маленькая козочка, выкормившая своимъ молокомъ и поставившая на ноги Вѣрочку была немедленно переведена на мызу, гдѣ, по просьбѣ Вѣрочки, въ ея распоряженіе предоставили цѣлый лугъ, чтобы, разгуливая по немъ, она могла вдоволь угощаться травою.

Всѣмъ жилось хорошо и спокойно; глядя на окружающую обстановку, Анна Львовна могла бы считать себя совершенно счастливою, еслибы только это счастіе не омрачалось грустною мыслью о томъ, что съ нею нѣтъ ея дорогого, незабвеннаго супруга — та же мысль порою являлась и обѣимъ сестрамъ.

Сиротка Дуня

Дуня была простая, крестьянская дѣвочка. При, жизни родителей она жила безбѣдно, и, какъ говорится, не знала ни нужды, ни горя; отецъ ея имѣлъ мѣсто надсмотрщика на сосѣдней фабрикѣ, мать ходила на поденную работу, а Дуню оставляли дома, возлагая на нее обязанность хозяйки, что дѣвочка всегда выполняла хорошо и добросовѣстно, тщательно заботясь о томъ, чтобы родители по возвращеніи домой получили сытный ужинъ.

Въ праздники мать избавляла ее отъ стряпни, и Дуня обыкновенно послѣ обѣда на цѣлый день отправлялась въ расположенную по близости усадьбу помѣщиковъ Зиновьевыхъ, дочь которыхъ, по имени Зиночка, ее очень любила, учила русской грамотѣ, счету, различнымъ женскимъ рукодѣльямъ, а затѣмъ, какъ бы въ награду за трудъ и прилежаніе, вечеромъ, передъ уходомъ домой, дарила что-нибудь изъ своего туалета.

Такимъ образомъ продолжалось изъ года въ годъ, продолжалось до тѣхъ поръ, пока, наконецъ, въ одинъ прекрасный день, нашу бѣдную дѣвочку постигло большое несчастіе: отецъ ея, во время наблюденія за рабочими, по неосторожности, упалъ съ подмостковъ, съ трехсаженной высоты, и расшибся до смерти; что же касается матери, то она, отъ природы женщина впечатлительная, нервная и никогда не отличавшаяся крѣпкимъ здоровьемъ, похоронивъ мужа, сама начала чахнуть съ такой быстротою, что, по прошествіи шести мѣсяцевъ, слегла въ постель, съ которой больше уже и не вставала... Дуня очутилась круглой сиротой... Кромѣ двухъ свѣжихъ могилокъ отца и матери, неуспѣвшихъ еще зарости травою, у нея на бѣломъ свѣтѣ не осталось ничего дорогого, ничего близкаго... Бѣдняжка чувствовала себя совершенно одинокой и положительно не знала куда преклонить голову, тѣмъ болѣе, что семья Зиновьевыхъ, какъ разъ за недѣлю передъ всѣмъ случившемся, уѣхала въ Москву на цѣлые два мѣсяца.

— Дѣвочку надо пристроить... не умирать же ей съ голоду въ пустой избѣ, или не выходить на дорогу просить милостыню! — сказалъ одинъ изъ сосѣдей и предложилъ собрать сходку.

Сходкою въ деревнѣ называется общее собраніе крестьянъ-собственниковъ, которые рѣшаютъ каждый серьезный вопросъ большинствомъ голосовъ, и затѣмъ дѣлаютъ надлежащія распоряженія.

— Нельзя такъ оставить, надо что-нибудь придумать! — слышались голоса добрыхъ мужичковъ, немедленно явившихся на сходку.

— По моему мнѣнію, самое лучшее отдать ее на воспитаніе кому-нибудь и общими силами платить за это, — предложилъ старый кузнецъ Иванъ, пользовавшійся среди всѣхъ жителей деревни большимъ почетомъ и уваженіемъ.

— Конечно, это будетъ самое лучшее? — согласились остальные, и, послѣ довольно продолжительныхъ преній на общемъ совѣтѣ, порѣшили: — предложить одной бѣдной вдовѣ, жившей съ двумя своими маленькими дочерьми на краю деревни, взять къ себѣ Дуню за извѣстную плату.

Марья, такъ звали вдову, охотно согласилась на сдѣланное предложеніе, и Дуня въ тотъ же вечеръ переселилась къ ней.

Со слезами на глазахъ покинула дѣвочка свою бѣдную хижинку, гдѣ каждый уголокъ, каждая мелкая вещица напоминали доброе, хорошее время, когда она жила съ отцомъ и матерью.

Марья, или тетушка Марья, какъ обыкновенно ее называли въ деревнѣ, была женщина не злая, но въ высшей степени сварливая: сосѣди не любили ее, потому что она почти со всѣми ссорилась, ко всѣмъ придиралась и каждому находила сказать что-нибудь непріятное.

Принявъ сиротку Дуню къ себѣ на воспитаніе, она руководствовалась исключительно однимъ разсчетомъ и съ перваго же дня, начала обращаться съ бѣдной дѣвочкой въ высшей степени грубо.

— Чего хныкаешь?— гаркнула она, когда Дуня, передъ тѣмъ, чтобы лечь спать, по обыкновенію встала на молитву, и вспомнивъ о своей: милой, дорогой мамѣ, которая теперь лежала въ сырой землѣ, горько заплакала.

— Чего хнычешь, говорятъ тебѣ,— повторила Марья, когда дѣвочка, пораженная грубыми словами и грубымъ тономъ, которымъ они были сказаны, взглянула на нее съ удивленіемъ:— раздѣвайся да ложись скорѣе, сама не спишь и другимъ мѣшаешь... Ты вѣдь сегодня, небось, цѣлый день ничего не дѣлала... баклуши била... а я съ утра Спину гну, работаю; да и дѣтки мои тоже не сидятъ сложа руки, имъ покой нуженъ; ты, слава Богу, не маленькая, должна, кажется, все это понять и стараться угодить своимъ благодѣтелямъ, а не раздражать ихъ!

Дуня молча встала съ колѣнь, обтерла слезы, и, обратившись къ благодѣтельницѣ, спросила дрожащимъ голосомъ, гдѣ ей можно лечь.

— Подстели на полъ мое старое одѣяло и ложись, отозвалась Марья:— у насъ нѣтъ для тебя пружинныхъ матрасовъ.

— А подушка? — нерѣшительно спросила Дуня.

— Скажите, пожалуйста, какія нѣжности! Еще подушку ей дайте; можешь и безъ подушки.

— Мама, позволь мнѣ уступить мою, — перебила рѣчь матери старшая дѣвочка Анюта.

— Пустяки! Спать безъ подушки, чтобы къ утру разболѣлась голова, не надо! Одну ночь обойдется, а завтра всѣ ея вещи принесутъ сюда, такъ своя вѣрно найдется...

Дуня взглянула съ благодарностью на Анюту; она была глубоко тронута ея сочувствіемъ, тѣмъ болѣе, что сразу поняла и догадалась, что дѣвочка не могла не бояться такой недоброй женщины, какою была Марья, и рѣшившись на противорѣчіе, рисковала сама получить непріятность, что и случилось въ дѣйствительности.

Марья взглянула на нее злыми глазами, сдвинула свои густыя брови и погрозила кулакомъ.

— А у меня вотъ двѣ подушки, да я не дамъ! — раздался голосъ маленькой Тани, которая все время молча прислушивалась къ вышеописанному разговору и насмѣшливо смотрѣла на окружающихъ.

Таня была любимица Марьи — ей позволялось все; она никогда не видѣла отъ матери косого взгляда, а постоянно слышала однѣ только похвалы, вслѣдствіе чего давно привыкла считать себя красавицей, передъ которой всѣ обязаны были преклоняться.

— Недоставало только того, чтобы ты осталась спать съ одной подушкой, — обратилась къ ней Марья, сразу измѣнивъ интонацію голоса и выраженіе лица.

— Ну, довольно спорить! Я спать хочу, замолчите!— оборвала дѣвочка и, повернувшись къ стѣнѣ, закрыла глазки.

Марья на цыпочкахъ пробралась къ собственной кровати. Въ избушкѣ воцарилась тишина, затѣмъ, но прошествіи самаго непродолжительнаго времени, раздался храпъ Марьи и мѣрное дыханіе обѣихъ дѣвочекъ, свидѣтельствовавшее о томъ, что всѣ онѣ заснули

Дуня, между тѣмъ, присѣвъ на полу около печки, куда Марья бросила обѣщанное одѣяло, продолжала плакать; закрывъ лицо и уткнувшись въ желѣзную заслонку печки, она дѣлала, всевозможное усиліе, чтобы не разрыдаться громко и не навлечь на себя новаго гнѣва злой женщины, совмѣстная жизнь съ которою сулила ей въ будущемъ мало отраднаго.

Такимъ образомъ прошло около часа.

— Ты, кажется, не спишь?— раздался вдругъ надъ самымъ ухомъ нашей маленькой сиротки едва слышный голосъ Анюты, которая, тихонько вставъ съ кровати, подкралась къ ней и ласково взяла за руку.

Дуня вздрогнула отъ неожиданности.

— Не бойся, это я, Нюта,— шепотомъ продолжала дѣвочка:— мнѣ жаль тебя. Очень жаль. Я принесла подушку, возьми, лягъ и постарайся заснуть. Ты должна укрѣпить силы.

Дуня попробовала возразить, доказывая совершенно логично, что Марья можетъ увидѣть утромъ подушку и разсердиться, но Нюта, вмѣсто отвѣта, зажала рукою ротъ своей собесѣдницы, сунула ей на колѣни подушку и снова скрылась въ темнотѣ съ такой быстротою, что Дуня не успѣла даже опомниться.

Придя къ убѣжденію, что, въ данный моментъ, ей ничего не остается дѣлать, какъ молчать и повиноваться, она осторожно подложила подушку подъ голову, и, невольно поддавшись физическому утомленію, взявшему верхъ надъ нравственнымъ состояніемъ, почти сейчасъ же крѣпко заснула. Во снѣ ей грезилась мама, добрая, ласковая, хорошая... Точно такая, какою она была при жизни. Дуня нѣжно припала головкою къ ея исхудалой за послѣднее время груди, со слезами принялась разсказывать о томъ, какъ грубо была встрѣчена тетушкой Марьей, и убѣдительно просила взять ее обратно домой. Но тутъ мама вдругъ сдѣлалась какая-то странная: она взглянула на Дуню долгими, пристальными, выразительными глазами, въ которыхъ свѣтилось что-то особенное, что-то неземное. Дуня крѣпче, прижалась къ ея стану.

Чѣмъ сильнѣе сжимала она его въ своихъ объятіяхъ, тѣмъ онъ съ каждой минутой становился все эластичнѣе, эластичнѣе, и, въ концѣ-концовъ, превратившись просто въ паръ, совершенно незамѣтно выскользнулъ изъ рукъ.

— Мама, мама, милая, дорогая, не уходи, или возьми меня съ собою. Я не хочу, я не могу дольше оставаться жить съ тетушкой Марьей! — взмолилась Дуня — но. мама не слышала ее, она уже высоко поднялась наверхъ, почти подъ самыя облака, откуда, по прошествіи нѣсколькихъ минутъ, Дуня услыхала чей-то незнакомый голосъ: "не плачь, не отчаявайся, Господь Богъ тебя не оставить!" — говорилъ этотъ невидимый и въ то же время чрезвычайно мелодичный голосъ: "терпи, надѣйся и молчи!.."

Затѣмъ все стихло

Когда она открыла глаза и взглянула въ одно изъ маленькихъ, покосившихся оконъ избушки, то увидѣла, что на дворѣ начинаетъ свѣтать, несмотря на это, тетушка Марья, однако, точно такъ какъ и остальныя присутствующія, продолжала еще спать крѣпко.

Осторожно поднявшись съ пола, Дуня тихою, неслышною стопою подошла къ тому мѣсту, гдѣ лежала Анюта, и слегка подсунула подъ ея голову подушку; дѣвочка сквозь сонъ что-то пробормотала, но Дуня, боясь вступать въ разговоръ и этимъ разбудить Марью, поспѣшно вернулась въ свой уголъ. Спать она больше не могла. Только-что видѣнный сонъ произвелъ на нее слишкомъ сильное впечатлѣніе, ей все еще слышался этотъ дивный голосъ: "терпи, надѣйся и молчи!" повторяла сама себѣ дѣвочка. Да, да, съ: сегодняшняго дня я такъ и буду дѣлать,— приговаривала она шепотомъ,— и, желая воспользоваться тѣмъ, что кругомъ всѣ спали и никто не могъ ее видѣть, поспѣшно опустилась на колѣни передъ висѣвшимъ въ углу образомъ, чтобы на свободѣ помолиться и излить передъ Святымъ ликомъ Спасителя всю ту горечь и боль, которыя накопились въ ея бѣдномъ маленькомъ сердечкѣ.

Въ деревнѣ, между тѣмъ, началось обычное движеніе: крестьяне мало-по-малу вставали и собирались на свои ежедневныя работы. Пастухъ выгонялъ въ поле коровъ, вслѣдъ за нимъ плелся пастушокъ Андрюшка сзади: большого стада овецъ. Около избушекъ кудахтали куры (неизбѣжная принадлежность деревенскаго хозяйства). Мѣстами, близь дворовъ людей болѣе зажиточныхъ,

23

бродили утки, гуси, индѣйки. Словомъ, на каждомъ почти шагу все больше и больше становилось замѣтнымъ всеобщее оживленіе, только около избушки тетушки Марьи все еще господствовала прежняя тишина и спокойствіе.

Марья, какъ уже сказано выше, не принадлежала къ разряду богатыхъ; у нея не было никакого хозяйства, кромѣ небольшого огорода, а потому вставать рано она считала лишнимъ; но вотъ, наконецъ, видно наступила и ее пора, открывъ глаза, она лѣниво вытянулась на кровати и начала одѣваться, вслѣдъ за нею закопошилась Анюта, а за Анютой нерѣшительно выступила впередъ Дуня.

— Тише ходите, Таня спитъ, — сказала Марья обѣимъ дѣвочкамъ: — надо принести молока, вотъ тебѣ Анюта гривенникъ, ступай купи, да заодно и хлѣбца раздобудь, у насъ отъ вчерашняго дня осталось, кажется, немного, — добавила она, обратившись къ старшей дочери и подавая два мѣдныхъ пятака.

Анюта вышла изъ избушки, чтобы исполнить возложенное. на нее порученіе, а Дуня въ это время, по приказанію тетушки Марьи, начала мести полъ и снимать. съ полки посуду, состоящую изъ нѣсколькихъ разнокалиберныхъ чашекъ съ отбитыми ручками.

Бережно поставивъ ихъ на столъ, дѣвочка вторично протянула руку за тарелкою для хлѣба и ножомъ, но тутъ вдругъ случилось несчастіе: тарелка, проскользнувъ между пальцами, упала на полъ и, конечно, сейчасъ же разбилась въ дребезги.

— Противная дѣвчонка разбудила меня! — съ досадой крикнула Таня: — я еще подремала бы съ полчасика, пока Анюта вернется съ молокомъ, а теперь больше не заснешь, гадкая, противная дѣвчонка!

— Косолапая! — добавила Марья грознымъ голосомъ и,

24

накинувшись на Дуню, сначала оттаскала за волосы и затѣмъ принялась безъ церемоніи колотить куда попало.

Дуня стояла точно громомъ пораженная; она не пробовала даже обороняться; ей все это казалось до того страннымъ, до того дикимъ и вмѣстѣ съ тѣмъ до того обиднымъ, что она даже въ лицѣ измѣнилась, причемъ продолжала попрежнему стоять неподвижно и скорѣе походила на автомата, чѣмъ на живое существо.

— Вотъ тебѣ! Вотъ тебѣ!— повторяла Марья, сопровождая каждое слово новымъ ударомъ:-на будущее время будешь осторожнѣе!

Дуня въ концѣ-концовъ разразилась рыданіемъ, но это нисколько не тронуло злую тетку Марью, такъ какъ вмѣсто того, чтобы успокоиться, она, напротивъ, расходилась еще больше, и неизвѣстно чѣмъ бы дѣло кончилось, еслибы на порогѣ, наконецъ, не появилась Анюта, держа въ рукахъ крынку молока и горбушку хлѣба.

— Мама, что ты дѣлаешь, за что ты бьешь ее!— почти съ отчаяніемъ вскричала маленькая дѣвочка, на глазахъ которой выступили слезы.

— Это тебя не касается!— злобно отозвалась Марья:— коли бью, такъ значить за дѣло; а будешь много говорить, самой не поздоровится!

Анюта опустила глаза, и, увидавъ разбитую тарелку, безъ поясненія догадалась въ чемъ заключается суть дѣла; ей стало непроходимо жаль бѣдную сиротку и въ то же время стыдно за мать, о необузданномъ характерѣ которой слава давно неслась не только по всей деревнѣ, но даже по всему околотку.

— Сейчасъ я встрѣтила Ивана, сына старосты, онъ сказалъ, что через нѣсколько минутъ сюда принесутъ вещи Дуни,—

замѣтила дѣвочка, желая чѣмъ-нибудь разсѣять злобное настроеніе матери.

— Воображаю какія тамъ чудныя вещи! Дрянь всякая навѣрное; только лишнее мѣсто въ избѣ будетъ занимать; я вотъ разсмотрю, да потомъ и вонъ выкину,— отозвалась Марья.

Вспомнивъ, что въ числѣ вещей, которыя будутъ принесены, находится нѣсколько платьевъ покойной матери, дорогихъ для нея по воспоминаніямъ, Дуня въ первую минуту хотѣла было возразить, но затѣмъ ей вдругъ такъ живо, послышались слова: "терпи, надѣйся и молчи",— что она сдѣлала надъ собою усиліе, и вмѣсто того, чтобы отвѣтить, молча отошла въ сторону.

Марья принялась дѣлить молоко; для Тани и для себя она налила по полной чашкѣ наравнѣ съ краями, для Анюты нѣсколько меньше, а для Дуни около половины; то же самое повторилось и при дѣлежѣ хлѣба, послѣ чего всѣ сѣли завтракать. Дунѣ было не до ѣды; она даже не прикоснулась ни къ молоку, ни къ хлѣбу, на что, впрочемъ, тетушка Марья не обратила никакого вниманія; что же касается Анюты, то она въ продолженіе всего времени, пока онѣ сидѣли за столомъ, не спускала глазъ съ бѣдной сиротки, надѣясь воспользоваться первою возможностью и какъ-нибудь, знакомъ руки или головы ободрить ее; но Дуня, какъ сѣла на скамейку, какъ уставилась взоромъ въ одну опредѣленную точку, такъ ни разу даже не обернулась до тѣхъ поръ, пока наружная дверь избушки вдругъ съ шумомъ распахнулась и на порогѣ показался тотъ самый Иванъ, о которомъ только-что говорила Нюта,— онъ держалъ въ рукахъ небольшой сундучекъ и подушку.

— Вотъ вамъ, тетушка Марья, приданое для вашей новой дочери,— пошутилъ парень, разсмѣявшись во весь свой широкій ротъ.

Марья отвѣтила ему также какою-то шуткою, а когда онъ удалился, принялась разбирать сундукъ, причемъ безцеремонно распредѣляла находившіяся тамъ вещи между собою и собственными дочерьми, сказавъ въ заключеніе, что Дунѣ ничего не надобно, а когда понадобится, такъ она или отдастъ ей часть того, что теперь назначила дочерямъ, или сошьетъ новое.

— Терпи, надѣйся и молчи,— снова прошепталъ надъ ухомъ дѣвочки невидимый голосъ, благодаря чему она, по примѣру предыдущаго раза, рѣшилась не открывать рта для отвѣта, и, закусивъ нижнюю губу чуть не до крови, молча отошла въ сторону.

Послѣдующіе затѣмъ дни потянулись обычнымъ порядкомъ; тетушка Марья обратила сиротку Дуню въ настоящую работницу; все, что только надо было дѣлать для дома тяжелаго, грязнаго, непріятнаго — поручалось ей, причемъ, въ случаѣ малѣйшаго отступленія или самой ничтожной неаккуратности, на бѣдную дѣвочку сыпались сначала брань, а затѣмъ побои.

Съ Анютой тетушка Марья видимо старалась не допускать ея сближенія, и зная, что Анюта дѣвочка добрая, очевидно боялась, чтобы она не вздумала баловать сиротку, вслѣдствіе чего послѣдняя, пожалуй, перестанетъ слушаться; Таня сама какъ-то сторонилась Дуни, при каждомъ удобномъ случаѣ давала ей чувствовать, что она всѣмъ обязана ея матери и вообще относилась къ ней почти съ презрѣніемъ.

Тетушка Марья словоохотливостью не отличалась, а если когда и говорила, то большею частью однѣ только колкости; слѣдовательно, Дуня въ общемъ оставалась совершенно одинокою. Что же приходилось дѣлать, какъ не терпѣть, молчать и надѣяться?.. Съ первому и ко второму она уже успѣла привыкнуть настолько, что это ей не казалось труднымъ, но относительно третьяго бѣдняжка часто задумывалась, и сколько ни ломала свою хорошенькую головку надъ тѣмъ, чтобы разъяснить, на что именно должна была надѣяться, все-таки не приходила ни къ какому результату.

Однажды, когда на душѣ у нея было какъ-то особенно тяжело и тоскливо, и когда она, покончивъ всѣ домашнія работы, присѣла отдохнуть на заваленку, къ ней вдругъ неожиданно подошла какая-то незнакомая женщина и, вѣжливо поклонившись, спросила здѣсь ли живетъ одна бѣдная вдова, извѣстная подъ именемъ "тетушки Марьи".

— Здѣсь,— отозвалась Дуня, вставъ съ мѣста и въ свою очередь отвѣчая поклономъ.

— Окажите пожалуйста, она, кажется, нѣсколько времени тому назадъ взяла на воспитаніе дѣвочку, сиротку Дуню.

— Взяла.

— Я имѣю до нея дѣло; она дома?

— Тетушка Марья?

— Нѣтъ, Дуня.

— Она передъ вами,— улыбнулась дѣвочка.

— Въ самомъ дѣлѣ!— обрадовалась женщина, ласково взглянувъ на свою собесѣдницу:— васъ-то какъ разъ намъ и надобно.

— Что прикажете!

— Я пришла отъ барышни Зиновьевой.

— Отъ Зиночки?— перебила Дуня:— развѣ она вернулась?

— Вчера вечеромъ.

— Какое счастіе! — Я такъ много думала о ней, такъ хотѣла ее видѣть.

— Она то же самое; она даже заплакала, когда узнала о постигшемъ васъ горѣ и, въ особенности, когда до нея дошли слухи о томъ, что вамъ здѣсь живется невесело, вслѣдствіе дурного обращенія тетушки Марьи.

— Тише... ради Бога, насъ могутъ услышать, — замѣтила Дуня, тревожно оглядываясь по сторонамъ.

— Но вы сказали, что ее нѣтъ дома.

— Все равно; кто-нибудь изъ сосѣдей можетъ услышать, передать... Войдите лучше въ избушку, тамъ мы поговоримъ свободнѣе.

Женщина повиновалась, послѣ чего Дуня тщательно затворила двери.

— Теперь объясните, кто вы такая и какимъ образомъ Зиночка могла узнать о томъ, что мнѣ здѣсь живется плохо?

— Я недавно поступила къ Зиновьевымъ и служу у нихъ въ качествѣ портнихи, что же касается того, откуда она могла слышать относительно васъ, навѣрное не знаю; а только мнѣ кажется, что барышня сегодня утромъ покупала ягоды у какой-то крестьянской дѣвочки и долго Съ нею разговаривала. Можетъ быть та что и сообщила.

Дуня задумалась; она знала, что Нюта сегодня рано утромъ ходила; въ лѣсъ за земляникой и невольно подумала, не она ли это была?

— И такъ, вы говорите, что пришли ко мнѣ отъ Зиновьевыхъ, — продолжала Дуня послѣ небольшой паузы.;

— Да; Зиночка проситъ убѣдительно, чтобы вы сейчасъ же, вмѣстѣ со мною, отправились къ ней; пойдемте.

— Сейчасъ не могу, къ великому моему сожалѣнію.

— Почему?

— Никого нѣтъ дома; мнѣ приказано караулить избушку и, кромѣ того, еще надо наносить дровъ, приготовить воду, выстирать нѣсколько полотенецъ и кое-что починить для Тани, младшей дочери тетушки Марьи.

— Все это вы должны сдѣлать однѣ, безъ посторонней помощи?

— Должна...

Женщина покачала головой и хотѣла предложить Дунѣ отпроситься по крайней мѣрѣ на слѣдующій день, но въ эту минуту кто-то постучалъ въ двери; Дуня поспѣшила отодвинуть задвижку, дверь отворилась и на порогѣ показалась Таня.

— Скорѣе топи печку,— обратилась она къ сироткѣ повелительнымъ тономъ: — мамѣ дали въ деревнѣ корзиночку молодого картофеля, надо сварить, она обѣщала угостить меня и Анюту, а если что отъ насъ останется, то и ты получишь; ну, ну, живѣе поворачивайся,— добавила дѣвочка, возвысивъ голосъ; затѣмъ случайно обернула голову въ противоположную сторону и, увидавъ незнакомую женщину, сконфузилась.

— Кто вы?— спросила она послѣ минутнаго молчанія.

Женщина отвѣтила на вопросъ и пояснила цѣль своего посѣщенія.

— Отъ Зиновьевыхъ, вы говорите; это, кажется, очень богатые помѣщики, ихъ мыза на горѣ, за рѣкою?

— Да.

— Развѣ они знаютъ Дуню?

— Очень хорошо; при жизни матери Дуня каждое воскресенье ходила туда играть съ маленькой барышней, которая теперь желаетъ видѣть ее какъ можно скорѣе.

— Передайте барышнѣ, что Дуня придетъ завтра; сегодня я не могу отпустить ее. такъ какъ мама вернется только къ вечеру и Дуня должна немного помочь мнѣ и сестрѣ по хозяйству.

При словѣ немного Таня опустила глаза и покраснѣла; ей стало совѣстно своей лжи. Она знала отлично, что Дуня, по обыкновенію, будетъ дѣлать все одна, а вовсе не помогать кому бы то ни было, да еще немного.

Молодая женщина на это ничего не возразила и, повторивъ еще разъ просьбу свою непремѣнно отпустить завтра сиротку на цѣлый день, удалилась.

— Такъ вотъ какъ, ты знакома съ этой богатой барышней? — обратилась къ ней Таня, когда неожиданная посѣтительница, выйдя изъ избушки, повернула за уголъ.

— Знакома, — отвѣчала Таня.

— Разскажи, пожалуйста, подробно,, какъ она живетъ, какія у нея комнаты, какъ она одѣта.

И Таня первый разъ за все время пребыванія сиротки въ домѣ матери заговорила съ ней, какъ съ себѣ равной.

Дуня очень охотно отвѣчала на всѣ вопросы; она рада была

возможности поболтать и до того увлеклась этой болтовней, что совершенно позабыла про печку, про дрова, про воду и даже ахнула отъ ужаса, когда услыхала за дверью знакомый голосъ тетушки Марьи.

— Чего ты испугалась? — съ удивленіемъ спросила Таня.

— Да какъ же не пугаться, когда у меня не сдѣлано ничего, что надо, — отозвалась сиротка, задрожавъ всѣмъ тѣломъ.

Таня взглянула на нее съ усмѣшкой, а затѣмъ, обратившись къ вошедшимъ въ -эту минуту Марьѣ и Анютѣ, объявила, что Дуня не виновата въ томъ, что печка еще не затоплена и прочая работа не кончена.

— Я отвлекла ее отъ дѣла, заставивъ разсказывать себѣ о богатой Зиновьевской барышнѣ, которую она давно знаетъ, которая дѣлаетъ ей хорошіе подарки и зоветъ къ себѣ въ гости завтра.

Слушая дочь, Марья смотрѣла- удивленными глазами, а затѣмъ, когда въ концѣ-концовъ узнала все, что было надобно, то, противъ обыкновенія, не только не побила Дуню за неисправность, а даже и не побранила; слова: "она дѣлаетъ хорошіе подарки" совершенно подкупили Марью, которая сразу сообразила, что всѣ эти подарки теперь никогда не останутся у Дуни, а такъ или иначе перейдутъ къ ней, вслѣдствіе чего чувствовала себя въ прекрасномъ настроеніи, собственноручно развела огонь, поставила на него чугунокъ, наполненный картофелемъ, и когда послѣдній оказался сварившимся, то немедленно раздѣлила его на четыре равныя части.

Дуня приходила въ полнѣйшее недоумѣніе; ея чистое, неиспорченное сердечко, далекое отъ всякихъ матеріальныхъ разсчетовъ, никакъ не могло уяснить себѣ настоящую причину подобной перемѣны; бѣдная дѣвочка только удивлялась, благодарила Бога и съ нетерпѣніемъ ожидала завтрашняго дня, чтобы отправиться къ Зиновьевымъ.

Анюта, между тѣмъ, узнавъ объ отношеніяхъ Дуни къ богатой барышнѣ, съ своей стороны поспѣшила добавить, что Зиновьевы, должно быть, въ самомъ дѣлѣ очень добрые люди, потому что сегодня, когда она зашла къ нимъ продать собранныя въ лѣсу, ягоды, то маленькая барышня очень долго съ нею разговаривала, дала за ягоды гораздо больше, чѣмъ онѣ стоятъ и, въ заключеніе, приказала завтра принести еще.

— Ты видѣла эту барышню? Продавала ей ягоды и говорила съ нею!- воскликнула Дуня дрожащимъ голосомъ.

— Почему это удивляетъ тебя? — спросила Анюта.

— Нѣтъ... такъ, ничего...— отозвалась сиротка и устремила пристальный взглядъ на свою собесѣдницу, съ которою ей очень хотѣлось сказать нѣсколько словъ съ глазу на глазъ, но, къ сожалѣнію, этому желанію не: суждено было исполниться, такъ какъ тетушка Марья и Таня находились при нихъ неотлучно.

— Если я завтра принесу туда ягоды, сдѣлай видъ, что ты меня не знаешь,— шепнула Анюта, когда онѣ ложились спать.

Дуня ничего не отвѣтила; теперь ей стало ясно, отъ кого могла узнать Зиночка про ея печальную долю.

Съ наступленіемъ слѣдующаго дня она встала очень рано; постаралась заблаговременно наносить дровъ, воды и вообще приготовить все, что было можно; затѣмъ, получивъ разрѣшеніе идти на мызу, послѣ того, какъ Анюта отправилась въ лѣсъ за ягодами, рискнула попросить Марью позволить ей надѣть одно изъ тѣхъ платьевъ, которыя сварливая тетушка вынула изъ сундука и спрятала для Тани.

Марья, вмѣсто отвѣта, взглянула сердитыми глазами, въ которыхъ мгновенно загорѣлся хорошо знакомый Дунѣ огонекъ, не предвѣщавшій ничего добраго.

— Иди такъ, какъ есть, — сказала она строго: — чѣмъ хуже, будешь одѣта, тѣмъ больше получишь подарковъ.

Дуня широко раскрыла глаза; при всемъ своемъ стараніи понять значеніе только-что сказанныхъ Марьей словъ, она никакъ не могла этого сдѣлать, тѣмъ болѣе, что прежде, въ болѣе счастливое для нея время, всегда, отправляясь въ гости къ богатой барышнѣ, надѣвала все чистое...

— Чего стоишь, ступай! — продолжала Марья.

— Такъ, какъ есть?

— Конечно.

— Мнѣ стыдно показаться Зинѣ въ грязномъ платьѣ.

Марья съ досадой схватила ее за руку, потащила по направленію къ двери и грубо вытолкнула изъ избы.

Очутившись на дворѣ, Дуня нѣсколько минутъ стояла въ нерѣшимости; ей очень хотѣлось идти какъ можно скорѣе на мызу, чтобы увидать Зину, и въ то же время было совѣстно.

— Ты еще здѣсь? Хочешь поставить на своемъ, — раздался вдругъ надъ самымъ ея ухомъ грозный голосъ Марьи, высунувшейся въ форточку; если не уйдешь сію минуту, то я больше никогда не пущу тебя на мызу.

Эти слова произвели магическое дѣйствіе; Дуня встрепенулась, вздрогнула своимъ тщедушнымъ тѣльцемъ и поспѣшно бросилась бѣжать впередъ по дорогѣ, обсаженной высокими деревьями и ведущей прямо на мызу Зиновьевыхъ.

Когда она достигла цѣли путешествія, то была до того утомлена и взволнована, что положительно не могла произнести ни слова.

— Что съ тобою, моя дорогая? — спросила ее Зиночка, выйдя на встрѣчу.

Дуня не въ силахъ была отвѣчать; припавъ головою къ плечу доброй барышни, она разразилась рыданіемъ; Зиночкѣ и появившейся изъ сосѣдней комнаты самой г-жи Зиновьевой стоило большихъ усилій успокоить бѣдняжку, но тѣмъ не менѣе трудъ ихъ все-таки въ концѣ-концовъ увѣнчался успѣхомъ; Дуня перестала плакать и, сообщивъ въ короткихъ словахъ все то, что намъ уже извѣстно касательно своего грязнаго платья, изъ чувства деликатности, однако, умолчала о томъ, что Марья заставила ее придти въ такомъ видѣ, чтобы больше получить подарковъ.

— Не сердись на нее, она женщина простая, необразованная, — говорила Зиночка: — ей не хочется лишній разъ заняться стиркою, вотъ она и послала тебя въ грязномъ платьѣ; мы это дѣло поправимъ.

И, не долго думая, повела Дуню въ комнату, гдѣ сейчасъ же приказала горничной достать изъ шкафа одно изъ своихъ ситцевыхъ платьевъ, чтобы надѣть его на бѣдную дѣвочку.

— Вотъ такъ будетъ лучше, — сказала она: — платье приходится тебѣ точно по мѣркѣ; ты можешь взять его совсѣмъ, а старое мама прикажетъ прачкѣ выстирать и отнести въ избушку этой глупой, смѣшной женщины.

Дуня съ благодарностью поцѣловала руку доброй барышни;

затѣмъ обѣ онѣ дошли на балконъ, гдѣ ихъ давно уже ждала г-жа Зиновьева и гдѣ немедленно начались разспросы.

Разсказывая подробности смерти матери, бѣдная сиротка вторично заплакала; заплакала также и Зина, которая, одаренная отъ природы добрымъ, отзывчивымъ сердцемъ, не могла видѣть чужого горя.

— Я знала все: знала, что ты несчастна, что тетушка Марья обращается съ тобою грубо, даже бьетъ и заставляетъ работать не-по силамъ; мы обо всемъ уже переговорили съ мамой, которая обѣщала взять тебя отъ этой противной женщины и устроить въ пріютъ; если хочешь, можешь даже теперь остаться у насъ. Можешь совсѣмъ не ходить къ ней.

— Нѣтъ, мой другъ, этого нельзя, — вмѣшалась г-жа Зиновьева: — если мы сейчасъ оставимъ Дуню у себя, то Марья догадается, что она намъ на нее пожаловалась, и главное, еще, пожалуй, заподозритъ ту дѣвочку, которая вчера разсказала все; а ты помнишь, какъ она упрашивала не придавать дѣло гласности и постараться помочь сироткѣ исподволь.

— О, да... да... ради Бога! — сорвалось съ губъ Дуни, которая, при одной мысли о томъ, что станется съ Анютой, если мать-узнаетъ о ея геройскомъ подвигѣ, готова была разрыдаться.

— Ты развѣ знаешь эту дѣвочку? — спросила Зина.

— Не спрашивайте, я не могу сказать правду, — отозвалась Дуня, не привыкшая никогда лгать и обманывать.

Мать и дочь взглянули на нее съ удивленіемъ, но, тѣмъ не менѣе, не стали разспрашивать далѣе, и сейчасъ же перевели разговоръ на другой предметъ, послѣ чего еще больше заинтересовались всѣмъ вышеописаннымъ, когда замѣтили, что Дуня, издали увидѣвъ приближавшуюся къ мызѣ Анюту съ корзинкой, наполненной ягодами, моментально скрылась во внутреннія комнаты и ни за что не хотѣла выходить оттуда до тѣхъ поръ, пока Анюта стояла около балкона.

Цѣлый день, проведенный среди доброй; семьи Зиновьевыхъ, подѣйствовалъ на бѣдную сиротку благотворно; она уже не казалась больше такою запуганною и взволнованною, какою пришла утромъ, и, весело болтая съ Зиной о разныхъ разностяхъ, словно забыла о своемъ. настоящемъ, забыла, по крайней мѣрѣ до тѣхъ поръ, пока надо было возвращаться домой, куда придя противъ ожиданія, была встрѣчена Марьей безъ брани.

— Что у тебя за узелъ?— спросила Марья, замѣтивъ, что дѣвочка держитъ въ рукахъ какія-то вещи, обернутыя въ бѣлую простыню.

— Барышня подарила мнѣ кое-что изъ своего туалета,— отозвалась Дуня.

Марья стала поспѣшно развязывать узелъ, въ которомъ оказалось довольно еще. хорошенькое бѣлое платье, клѣтчатый кушакъ изъ широкой шелковой ленты, черные чулки и очень изящныя лакированныя туфельки.

— Куда тебѣ все это?— продолжала Марья.

— Какъ куда, носить буду.

— Не будешь.

Дѣвочка взглянула на нее съ удивленіемъ.

— Не будешь, потому что я сейчасъ же возьму и передамъ Танѣ.

— О, да, да, конечно!— подхватила Таня, съ радостію захлопавъ въ ладоши;— тебѣ не нужно, можешь обойтись, тѣмъ болѣе, что вмѣсто того стараго платья, въ которомъ ты утромъ вышла изъ дому, теперь у тебя есть новое.

— Да, но это бѣлое платье такое хорошенькое, мнѣ оно такъ нравится...— заикнулась Дуня.

— Мало ли чего!— грубо перебила Марья, и, не желая вступать въ дальнѣйшіе переговоры, сейчасъ же объявила Танѣ, что оно принадлежитъ ей.

На глазахъ Дуни выступили слезы: "терпи, надѣйся и молчи" вспомнила она завѣтныя слова невидимаго голоса, невольно повинуясь которому, тихо побрела въ свой уголъ и легла спать.

Въ продолженіе двухъ послѣдующихъ дней ей ни разу не удалось побывать у Зиночки, такъ какъ дома подкопилась работа, и Марья наотрѣзъ отказалась отпустить ее; на третій же день, который приходился въ субботу, она навѣрное разсчитывала отправиться на мызу, но Марья для этого поставила непремѣннымъ условіемъ, чтобы она вмѣстѣ съ Анютой предварительно сходила въ лѣсъ за ягодами и затѣмъ продала ихъ или Зиночкѣ, или самой г-жѣ Зиновьевой за извѣстную сумму.

Дунѣ подобная выходка казалась крайне неумѣстною; она готова была съ большимъ удовольствіемъ набрать ягодъ для своихъ добрыхъ господъ и отнести имъ, но только отнюдь не за деньги, просить которыя послѣ недавно полученныхъ подарковъ считала въ высшей степени неделикатнымъ.

Но такъ какъ разсуждать о чемъ бы то ни было и вообще высказывать свое мнѣніе для нея было немыслимо, то ей въ концѣ-концовъ все-таки пришлось повиноваться.

— По крайней мѣрѣ прогулка въ лѣсъ дастъ мнѣ возможность поговорить наединѣ съ Анютой, я такъ давно этого желала, — думала сиротка сама себѣ въ утѣшеніе; но тутъ вдругъ, словно въ отвѣтъ на ея мысль, Таня заявила, что она тоже хочетъ прогуляться вмѣстѣ съ ними.

— Устанешь нагибаться за каждой ягодкой, вѣдь очень трудно, — замѣтила тетушка Марья.

— Я искать ягодъ не стану, — отозвалась Таня: мнѣ просто хочется: пройтись и при этомъ непремѣнно надѣть то платье, чулки и туфельки, которые Дуня принесла съ мызы.

Послѣднія слова маленькой капризной дѣвочки какъ-то болѣзненно отозвались въ сердцѣ Дуни, на глазахъ ея выступили слезы; но она постаралась скрыть ихъ, чтобы не вызвать гнѣва Марьи, которая въ отместку, еще пожалуй, не пустила бы ее.

— Надѣну, надѣну, — твердила, между тѣмъ, Таня, видимо желая поддразнить сиротку.

Дуня, однако, по наружному виду оставалась совершенно покойна; она молча отошла въ сторону и, снявъ съ полки одну изъ глиняныхъ чашекъ, въ которую Анюта обыкновенно набирала ягоды, вышла съ нею на улицу, гдѣ, присѣвъ на завалинку, стала терпѣливо ожидать прихода своей спутницы.

Прошло около часу, наконецъ, дверь избушки отворилась и первою вышла Таня.

Изящное бѣлое платье съ плеча барышни сидѣло на ней превосходно, и такъ хорошо пришлось по фигурѣ и по росту, что казалось какъ бы сшитымъ собственно для нея; красивый, шелковый кушакъ граціозно охватывалъ талію и заканчивался сзади большимъ бантомъ; въ волосахъ, причесанныхъ такъ, какъ обыкновенно чешутся маленькія барышни, а не крестьянскія дѣвочки, виднѣлась темно-малиновая лента. Все это вмѣстѣ дѣлало Таню такою хорошенькою, что Дуня, взглянувъ на нее, невольно залюбовалась.

— Хорошо?— спросила она съ самодовольной улыбкой, сразу догадавшись о произведенномъ впечатлѣніи.

— Хорошо...— тихо отозвалась Дуня.

— Вотъ то-то и есть, на мнѣ все хорошо, потому что я красива, а на тебѣ навѣрное это же самое платье, выглядѣло бы какъ сѣдло на коровѣ.

— Ты говоришь обидныя вещи,— вступилась Анюта.

Таня улыбнулась.

Анюта уже раскрыла ротъ, чтобы сказать еще что-то въ защиту бѣдной сиротки, но послѣдняя незамѣтнымъ образомъ крѣпко пожала ей руку и, взглянувъ умоляющими глазами, просила замолчать, что она и сдѣлала.

Въ продолженіе всего перехода изъ деревни ли расположеннаго по близости лѣса, гдѣ полевая земляника росла въ изобиліи, дѣвочки не обмѣнялись ни единымъ словомъ.

Таня сначала гордо шла впередъ, любуясь отъ времени до времени широкимъ воланомъ, который окаймлялъ ея платье, но затѣмъ, стала по немногу отставать, прихрамывать, и, наконецъ, кое-какъ добравшись до лѣсу, объявила, что туфли до того жмутъ ноги, что она намѣрена сейчасъ же снять ихъ вмѣстѣ съ чулками, бросить на дорогу и продолжать дальнѣйшій путь просто босикомъ, по примѣру остальныхъ спутницъ.

— Эти противныя туфли мнѣ положительно не годятся; можешь взять ихъ себѣ,— съ досадою обратилась она къ Дунѣ:— и въ ту же минуту разулась.

— Вотъ теперь я чувствую себя превосходно,— продолжала дѣвочка, снова оживившись; но затѣмъ, едва успѣла сдѣлать нѣсколько шаговъ по травѣ, какъ вдругъ, на хорошенькомъ личикѣ ея изобразился ужасъ.

— Ай, ай, ай!— закричала она громкимъ голосомъ:— Анюта, Дуня, помогите! меня ужалила змѣя!

Обѣ дѣвочки моментально прекратили сборъ ягодъ и поспѣшно бросились къ ней. Увидавъ змѣю, Анюта до того перепугалась, что со всѣхъ ногъ побѣжала, обратно въ деревню сообщить матери. Что же касается Дуни, то она смѣло убила змѣю палкою, сейчасъ и.е посадила Таню на траву, принесла какихъ-то листьевъ, обложила ими больное мѣсто, перевязала рану платкомъ и, сѣвъ рядомъ, принялась успокоивать испуганную дѣвочку съ такою кротостію и терпѣніемъ, что послѣдняя, по прошествіи самаго непродолжительнаго времени, перестала дрожать и плакать.

Когда явилась Марья, то она казалась уже совершенно покойною. Развязавъ ногу дочери, чтобы посмотрѣть, въ какомъ состояніи находится рана, Марья, какъ большинство крестьянскихъ женщинъ, умѣвшихъ распознавать различныя цѣлебныя травы, вполнѣ одобрила способъ леченія Дуни, вслѣдствіе чего, волей-неволей, принуждена была согласиться, что еслибы не Дуня, то результатъ могъ выйти весьма печальный.

Съ помощью той же -самой сиротки и Анюты, которыя все еще не могли окончательно придти въ себя отъ испуга, Таню повели домой, гдѣ, конечно, сейчасъ же уложили въ постель.

Пролежать ей пришлось около недѣли; затѣмъ она вскорѣ

совершенно поправилась, но при этомъ, неизвѣстно почему, оставалась не то скучною, не то задумчивою.

Марья, постоянно занятая работою, да и отъ природы не отличавшаяся наблюдательностью, не обратила на это никакого вниманія. Что же касается Анюты, то она, напротивъ, часто задавала себѣ вопросы, что та. кое сталось съ сестрою, и, однажды, улучивъ удобную минутку, когда онѣ находились вдвоемъ, даже прямо _се спросила. Таня, вмѣсто отвѣта плакала.

— Что случилось?— испуганно спросила Анюта.

Таня взяла ее за руку, близко притянула къ себѣ и прошептала едва слышнымъ голосомъ:

— Богъ наказалъ меня за Дуню... мы передъ нею во многомъ виноваты... мама... и я... съ тѣхъ поръ какъ случилось приключеніе со змѣею, я ни минуты не имѣю покоя... Совѣсть мучаетъ... плакать хочется... На душѣ какъ-то тоскливо!...

— Я знаю средство, которое навѣрное избавитъ тебя отъ этого тяжелаго состоянія,— такъ же тихо отвѣчала Анюта:— ты должна повторить ей самой то, что сейчасъ мнѣ сказала, должна просить у нея прощенія... Должна убѣдить маму обращаться съ нею-лучше,— изъ любви къ тебѣ, мама это сдѣлаетъ.

— Какъ! Сознаться ей самой?

— Ну, да, да, конечно...

— Нѣтъ, Анюта, я не могу этого сдѣлать, мнѣ стыдно.

— Стыдно сознаться въ своемъ проступкѣ, а не стыдно обижать бѣдную, одинокую сиротку; такой стыдъ называется ложнымъ, Таня, ему не надо поддаваться. Послушай моего совѣта, сдѣлай такъ, какъ я говорила, тебѣ сейчасъ же станетъ легче.

Въ эту минуту наружная дверь избушки скрипнула, и на порогѣ показалась Дуня. Анюта сейчасъ же встала съ мѣста и вышла на улицу. Ей хотѣлось непремѣнно оставить Таню наединѣ съ Дуней; она надѣялась, что Таня, находясь подъ впечатлѣніемъ только что сказаннаго ею, послѣдуетъ благому совѣту. Таня дѣйствительно не преминула это исполнить, послѣ чего сейчасъ же согласилась въ. душѣ, что Анюта была права.

Едва успѣла она окончить свою исповѣдь, едва успѣла дружески обнять сиротку въ знакъ примиренія, какъ сразу почувствовала, что у нея словно гора съ плечъ свалилась, и что она избавилась отъ своей угнетающей тоски.

Съ этого достопамятнаго дня въ жизни Дуни произошла громадная перемѣна: ее уже больше не обижали ни словомъ, ни дѣломъ, какъ бывало прежде. Маленькая, нѣкогда капризная Таня, не только сама относилась къ ней дружески, но, кромѣ того, съумѣла повліять и на Марью, которая, мало-по-малу, такъ привязалась къ Дунѣ, что уже почти ни въ чемъ не отличала отъ родныхъ дочекъ, и горько расплакалась, когда мать Зиночки объявила, что Дуня принята въ пріютъ.

Дуня тоже немного опечалилась этому извѣстію, благодаря своему доброму сердцу, она давно забыла всѣ обиды, которыя наносились ей въ домѣ тетушки Марьи въ первое время ея пребыванія тамъ, и прощаясь со всѣми окружающими, даже всплакнула; въ особенности жаль ей было Анюту, такъ какъ она сознавала въ душѣ, что, безъ вмѣшательства этой послѣдней, ея печальная доля никогда, бы не могла измѣниться къ лучшему.

Каждое лѣто, на время каникулъ, Дуня пріѣзжала гостить къ

Зиночкѣ Зиновьевой и къ тетушкѣ Марьѣ; въ разговорахъ съ Анютой она часто вспоминала прошлое, но при этомъ все-таки старалась воскресить въ воспоминаніи только однѣ хорошія стороны, о дурныхъ же умалчивала, точно такъ же какъ изъ чувства деликатности умалчивала о томъ, что Анюта ради любви и состраданія къ ней рѣшилась разсказать въ домѣ Зиновьевыхъ о жестокосердіи собственной матери.

Новая мама

Лишившись матери въ самомъ раннемъ возрастѣ, Наташа, или, — какъ ее называли въ семьѣ — Ната, жила безвыѣздно въ деревнѣ со своею теткою, родною сестрою отца, которая, взявъ дѣвочку на воспитаніе, была до того эгоистична, что постоянно утверждала: будто она одна составляетъ для Наташи все, и будто Наташа не должна и не смѣетъ никого любить и слушаться, кромѣ нея,

Покуда Наташа была крошечной и совсѣмъ неразумной дѣвочкой, она безропотно покорялась волѣ старой эгоистки, но затѣмъ, когда стала подростать, то, одаренная отъ природы замѣчательнымъ умомъ и сообразительностью, начала вдумываться въ подобное требованіе и, за послѣднее время, невольно обращала вниманіе на то, что Юлія Федоровна, — такъ звали тетку, — каждый разъ, послѣ полученія письма отъ отца Наташи, становилась все болѣе и болѣе раздражительною и при этомъ еще чаще повторяла свое требованіе.

— Тетя, вы говорите, что кромѣ васъ я не должна никого любить и слушаться? — спросила она однажды во время обычной прогулки по парку послѣ завтрака.

— Конечно; ты мнѣ обязана всѣмъ: я взяла тебя годовалымъ ребенкомъ, возилась съ тобою, поставила на ноги… благодаря мнѣ, ты прошла весь необходимый курсъ для поступленія въ третій классъ гимназіи, — куда твой отецъ желаетъ помѣстить тебя послѣ каникулъ; какъ же не цѣнить все это и не быть благодарной…

— Съ этимъ, тетя, я вполнѣ согласна, но… вы… говорите, что

кромѣ васъ я никого не должна любить и слушать?—
нерѣшительно повторила дѣвочка.

— Само собой разумѣется.

— А папу?— тихо продолжала Наташа. Юлія Федоровна
ничего не отвѣчала; Наташа повторила свой вопросъ.

— Папу?.. да... ты, конечно, должна любить папу... но только
онъ-то, къ сожалѣнію, не любить тебя,— Добавила тетка
послѣ маленькой паузы.— Наташа взглянула на нее съ
удивленіемъ.

Развѣ возможно, чтобы папа не любилъ ее? Этотъ милый,
дорогой, хорошій папа — папа, котораго она всегда была
такъ рада видѣть, и который, во время своихъ пріѣздовъ въ
деревню, вносилъ съ собою столько чего-то отраднаго,
радостнаго, свѣтлаго...

— Не можетъ быть,— сорвалось съ губъ дѣвочки.

— Если я говорю — такъ значить можеть!— строго
отозвалась Юлія Федоровна.

— Я все-таки буду любить его.

— Люби коли охота; вотъ онъ тебѣ скоро устроить радость,
погоди... женится, привезеть въ домъ новую хозяйку, а тебѣ
мамашу; узнаешь тогда, что значить жить съ мачихой,
вспомнишь и тетку старуху, да поздно будеть; мачиха
возьметь тебя въ руки, не разъ, можеть, голодная посидишь,
колотушекъ попробуешь...

И расходившаяся не на шутку Юлія Федоровна начала
рисовать такія страшныя картины, что у Наташи, какъ
говорится, волосы становились дыбомъ; она уже больше не
возражала, и, невольно поддавшись влиянію тетки, только

46

повторяла себѣ мысленно: "мачиха, мачиха". Подъ этими словами бѣдная дѣвочка подразумѣвала что-то необъяснимое, что-то ужасное; какъ дорого она дала бы въ эту минуту, чтобы имѣть около себя хоть одного человѣка, съ которымъ можно было бы поговорить по душѣ; но, къ сожалѣнію, во всемъ домѣ такого человѣка не оказалось, такъ какъ, кромѣ прислуги, говорить было не съ кѣмъ.

Вернувшись съ прогулки, Наташа прошла къ себѣ въ комнату, забилась въ уголъ на диванъ, закрыла лицо руками и горько расплакалась.

Она считала себя такою несчастною, угнетенною, всѣми покинутою; хорошенькую бѣлокурую головку ея осаждали самыя мрачныя мысли, которыя тянулись длинной вереницей, тянулись одна за другою долго-долго, безостановочно...

Она представляла себѣ отца совсѣмъ уже не такимъ, какъ привыкла видѣть раньше: онъ не смотрѣлъ больше на свою дочурку прелестными, любящими, нѣжными глазами, не ласкалъ ее, не дарилъ больше игрушекъ, а изъ-за спины его выглядывала какая-то чужая, незнакомая женщина. Страшная, злая, совсѣмъ непохожая на обыкновенныхъ женщинъ... Это была мачиха!

Подобныя думы теперь почти ни на минуту не покидали бѣдную Наташу, которая, послѣ вышеописаннаго разговора съ теткой, засыпала и просыпалась съ одною мыслію; время, между тѣмъ, шло обычной чередой.

Въ Запольѣ, — такъ называлась усадьба, гдѣ жила наша маленькая героиня, — шли дѣятельныя приготовленія по случаю предстоящей встрѣчи молодыхъ; вѣсть о женитьбѣ Виктора Федоровича, — отца Наташи, — уже не составляла секрета; онъ самъ написалъ объ этомъ прямо Юліи Федоровнѣ, прося ея содѣйствія въ различныхъ распоряженіяхъ по хозяйству и по дому, но Юлія Федоровна наотрѣзъ отказалась; она никакъ не могла примириться съ мыслью, что въ Запольѣ скоро явится новая личность, которой придется передать бразды правленія, и положительно выходила изъ себя отъ досады.

Распоряжаться пришлось старому дворецкому Ивану, который, радуясь въ душѣ, что въ домѣ скоро наступитъ конецъ междуцарствію и явится новая хозяйка, настоящая барыня, съ утра до ночи хлопоталъ неутомимо.

Въ назначенный день пріѣзда молодыхъ большой помѣщичій домъ Виктора Федоровича принялъ совершенно праздничный видъ; всѣ комнаты выглядѣли какъ то особенно парадно, благодаря снятымъ съ мебели чахламъ, ярко вычищенной бронзѣ и множеству тропическихъ растеній, перенесенныхъ изъ оранжерей. Иванъ облачился во фракъ и бѣлый галстукъ и торжественно расхаживалъ взадъ и впередъ; наблюдая за двумя другими лакеями, которые накрывали столъ для обѣда, онъ безпрестанно поглядывалъ въ открытое окно, выходившее какъ разъ на дорогу, по которой должна была ѣхать коляска, отправившаяся на встрѣчу молодыхъ къ расположенной по близости желѣзнодорожной станціи.

Юлія Федоровна стояла на балконѣ; она также была одѣта по праздничному, но выраженіе лица ея не гармонировало съ туалетомъ: на щекахъ пылалъ лихорадочный румянецъ, въ глазахъ сверкалъ недобрый огонекъ, а тонкія блѣдныя губы сложились въ такую саркастическую улыбку, что невольно придавало всей ея фигурѣ что-то отталкивающее. Наташа стояла около, держа въ рукахъ громадный букетъ; дѣвочка дрожала словно въ лихорадкѣ и казалась до того блѣдною, что миловидное личико почти совсѣмъ не отличалось отъ бѣлаго платья, граціозно охватывавшаго ея красивый станъ.

Обѣ онѣ упорно молчали; очевидно каждая думала свою думу, причемъ дѣлиться впечатлѣніями считала лишнимъ теперь, когда грозившая бѣда становилась уже неминуемой.

Но вотъ вдали по дорогѣ показалось облако пыли. Наташа почувствовала, что маленькое сердечко ея начинаетъ то замирать, то ускоренно биться...

Облако, между тѣмъ, дѣлалось все гуще, затѣмъ изъ глубины его мало-по-малу сталъ рельефно выдѣляться хорошо знакомый экипажъ, запряженный парою рослыхъ сѣрыхъ рысаковъ, послышался топотъ лошадиныхъ копытъ, стукъ колесъ... Наконецъ, коляска остановилась около подъѣзда... Иванъ съ низкимъ почтительнымъ поклономъ помогъ выйти изъ нея сначала супругѣ Виктора Федоровича, а затѣмъ и ему самому.

— Иди на встрѣчу отцу, сдѣлай реверансъ и приподнеси букетъ, — сухо обратилась къ Наташѣ Юлія Федоровна.

Дѣвочка повиновалась.

— Здравствуй, моя дорогая, — привѣтствовалъ ее Викторъ Федоровичъ, заключивъ въ объятіе, — а затѣмъ, указывая на молодую женщину, сейчасъ же добавилъ: — а это вотъ твоя новая мама.

Наташа взглянула исподлобья.

— Здравствуй, Наташа, — ласково проговорила тогда Лидія Николаевна, сдѣлавъ шагъ впередъ: — новая мама проситъ любить ее и жаловать.

— Вы мнѣ не мама, а мачиха, — рѣзко отозвалась Наташа, — и, какъ бы испугавшись собственныхъ словъ и интонаціи собственнаго голоса, опустила глаза и ярко вспыхнула.

— Наташа! — строго остановилъ дѣвочку отецъ: — такъ

нельзя выражаться, ты должна любить твою новую маму, должна ее слушаться.

— Я должна любить и слушаться только одну тетю Юлію.

— Тетя сама собой,— продолжалъ Викторъ Федоровичъ, стараясь сдѣлать надъ собою усиліе, чтобы казаться покойнымъ, и сразу догадавшись, что дѣвочка говоритъ словами Юліи Федоровны.

— Оставь ее, Викторъ, не раздражай,— замѣтила Лидія Николаевна:— когда мы познакомимся ближе, то навѣрное будемъ друзьями.

— Никогда! — громко вскрикнула Наташа и, вырвавшись изъ рукъ отца, какъ безумная выбѣжала сначала на улицу, а затѣмъ на дорогу, ведущую въ расположенную по близости рощу. Болѣе часа бѣжала она подобнымъ образомъ впередъ безъ оглядки, сама не Зная куда... сама не зная зачѣмъ бѣжала, до тѣхъ поръ пока, наконецъ, очутилась въ глубинѣ густой, почти непроходимой чащи лѣса.

Кругомъ все казалось покойно, только одни деревья отъ времени до времени шелестили листьями, да птички чирикали на разные лады, весело перепархивая съ вѣтки на вѣтку; Наташа въ изнеможеніи опустилась на траву, она чувствовала, что маленькія ножки ея отказываются идти далѣе, чувствовала, что голодна, измучена, что ей становится страшно среди непривычной обстановки, что она положительно не въ состояніи отыскать дорогу домой безъ посторонней помощи и что этой помощи ждать неоткуда.

Въ минуту самаго горькаго отчаянія она услыхала по близости шорохъ; точно сухіе прутья затрещали подъ чьими-то ногами; Наташа вздрогнула и повернулась.

— Михей! — вскричала она радостно, увидѣвъ въ

нѣсколькихъ шагахъ отъ себя старика мельника, который часто заходилъ въ Заполье по разнымъ дѣламъ и котораго она очень любила.

— Барышня, вы здѣсь однѣ; какими судьбами? да еще въ такой день, когда дома у васъ праздникъ!— сказалъ старикъ, съ удивленіемъ взглянувъ на дѣвочку.

— Именно отъ этого-то праздника я и убѣжала,— отозвалась Наташа,— и увидѣвъ около себя живого, да еще вдобавокъ такъ хорошо знакомаго человѣка, снова пріободрилась и почувствовала, что прежнее негодованіе заговорило въ ней еще сильнѣе.

— Т.-е. какъ это, я васъ не понимаю.

— Очень просто... я у... убѣжала изъ дому потому, что туда сейчасъ пріѣхала мачиха.

— Зачѣмъ же вы отъ нея бѣжали?

— Затѣмъ, что она злая, гадкая, затѣмъ, что я ее ненавижу, затѣмъ, что она будетъ бить меня, заморитъ голодомъ.

— Барышня, милая, да развѣ можно раньше времени говорить такія рѣчи; не всѣ вѣдь мачихи бываютъ злыя, надо прежде пожить съ ней, познакомиться.

— Не хочу я жить съ шею, не хочу возвращаться домой...

— А куда же вы пойдете?

Эти послѣднія слова заставили Наташу опомниться.

— Куда пойду?— повторила она въ раздумьѣ, да, ты правъ, Михей, мнѣ идти некуда!..

— Ну, вотъ то то и есть, вставайте-ка, я провожу васъ домой, не огорчайте папу, вы у него одна, онъ не можетъ не любить васъ, и навѣрное заступится, если въ случаѣ мачиха вздумаетъ обижать; да, повѣрьте, этого не будетъ... Я слышалъ, что ваша мачиха очень добрая. Пойдемте!

Наташа отрицательно покачала головою.

— Не могу же я оставить васъ здѣсь одну, — отозвался Михей, и, нагнувшись къ дѣвочкѣ, хотѣлъ-было силою приподнять ее, но она его оттолкнула и заплакала.

Михей опустилъ руки; нѣсколько минутъ продолжалось молчаніе.

— Вотъ что, Михеюшка, — заговорила наконецъ Наташа умоляющимъ голосомъ: — возьми меня къ себѣ, хоть только на сегодня... хоть на одну ночку.

— А завтра согласны будете вернуться домой?

— Завтра... пожалуй...

И дѣвочка уже встала съ мѣста, чтобы слѣдовать за старикомъ, но послѣдній теперь въ свою очередь не двигался съ мѣста, очевидно что то раздумывая.

— Ну, что же, идемъ! — торопила Наташа.

— Ахъ, барышня, барышня, опять вѣдь неудобно, — отвѣчалъ онъ, глядя съ состраданіемъ на свою собесѣдницу — у меня внучка лежитъ въ оспѣ, а это, говорятъ, заразительно; еще захвораете, что тогда?

— Ничего, Михей, я не боюсь болѣзни и согласна даже скорѣе умереть, чѣмъ идти къ мачихѣ.

Старикъ попробовалъ сдѣлать возраженіе, пустивъ въ ходъ все свое краснорѣчіе, чтобы убѣдить Наташу, но она не хотѣла слушать никакихъ резоновъ, и до того убѣдительно упрашивала взять ее съ собою, что онъ, не видя иного исхода, въ концѣ-концовъ принужденъ былъ согласиться.

Медленно, шагъ за шагомъ, подвигались они впередъ, вдоль обрыва, на краю котораго находилась мельница; во время перехода Михей еще разъ началъ доказывать, что болѣзнь его внучки заразительна и что, во всѣхъ отношеніяхъ, будетъ въ тысячу разъ лучше и покорнѣе идти прямо въ Заполье, но Наташа твердо стояла на своемъ, и когда не находила словъ для возраженія, то принималась плакать.

Разсуждая подобнымъ образомъ, они наконецъ достигли цѣли путешествія. Наташа вздохнула свободнѣе; когда она перешагнула порогъ избушки, въ которой жилъ Михей, то ей казалось, что у нея съ плечъ гора свалилась, и что теперь она находится за такой крѣпкой несокрушимой стѣной, что бояться положительно нечего.

Избушка была маленькая и очень душная, такъ какъ вслѣдствіе присутствія больной, въ ней, очевидно, давно не открывали оконъ; но это нисколько не смущало нашу героиню, взволнованное личико которой съ каждой минутой становилось все оживленнѣе, въ контрастъ выраженію лица Михея, принявшаго такой серьезный видъ, что Наташа даже смутилась.

Снявъ съ себя верхній кафтанъ и повѣсивъ его на гвоздикъ, старикъ первымъ дѣломъ подошелъ къ кровати, стоявшей въ углу, гдѣ лежала маленькая больная дѣвочка, прикрытая лохмотьями, замѣнявшими одѣяло, и спросилъ, какъ она себя чувствуетъ; но дѣвочка, вмѣсто отвѣта, принялась бредить; тогда старикъ знакомъ руки подозвалъ сидѣвшаго тутъ же въ избушкѣ мальчугана, лѣтъ четырнадцати, и началъ что-то шепотомъ говорить ему.

Мальчуганъ кивнулъ головою, затѣмъ сейчасъ же взялъ шапку и вышелъ на улицу.

— Это тоже твой внукъ?— спросила Наташа.

— Да; родной братъ бѣдной больной Агаши, оба они дѣти покойной моей дочери и оба круглые сироты, у которыхъ, кромѣ меня, старика, нѣтъ никого на свѣтѣ.

И Михей принялся разсказывать какимъ образомъ дѣтки остались на его попеченіи, какимъ образомъ онъ ихъ воспиталъ, вскормилъ, выростилъ. Наташа слушала съ большимъ вниманіемъ; время летѣло незамѣтно, день уже началъ клониться къ вечеру; она стала подумывать, какимъ бы способомъ поудобнѣе расположиться на ночлегъ, какъ вдругъ наружная дверь избушки отворилась и на порогѣ показался сначала внукъ Михея, а затѣмъ, къ крайнему ея изумленію, самъ Викторъ Федоровичъ.

Догадавшись, что старикъ нарочно послалъ за нимъ, дѣвочка взглянула на него съ укоромъ, но Михей сдѣлалъ видъ, что не замѣтилъ ея взгляда и, поспѣшно соскочивъ съ мѣста, низко поклонился.

— Наташа,— обратился, между тѣмъ, Викторъ Федоровичъ къ дочери:— зачѣмъ ты оскорбила Лидію Николаевну, зачѣмъ обидѣла меня, зачѣмъ убѣжала изъ дому?

Онъ говорилъ эти слова такъ ласково, такимъ задушевнымъ голосомъ, что Наташа, мысленно приготовлявшаяся громко излить свой гнѣвъ, сначала на Михея, а затѣмъ на отца, совершенно растерялась.

— Я пріѣхалъ за тобою, Наташа, идемъ!— продолжалъ Викторъ Федоровичъ:— идемъ же, не бойся; послѣ того, что было, Лидія Николаевна сказала, что ты можешь жить на отдѣльной половинѣ-и не видѣться съ нею до тѣхъ поръ, пока сама не пожелаешь.

— Этого никогда не будетъ, — хотѣла-было крикнуть

Наташа,— но случайно встрѣтившись съ добрымъ выраженіемъ глазъ отца удержалась и, въ знакъ согласія слѣдовать за нимъ, молча протянула руку; на Михея она не взглянула, стараясь показать свое неудовольствіе, мальчугана тоже не удостоила привѣтомъ, только маленькая Агаша внушила ей состраданіе; она остановилась около ея постели, хотѣла что-то сказать, но затѣмъ, увидѣвъ почти сплошь покрытое нарывами лицо бѣдняжки, невольно отшатнулась.

Во все время перееѣзда между отцомъ и дочерью не было произнесено ни слова.

Наташа чувствовала себя неловко и съ нетерпѣніемъ ожидала конца путешествія, чтобы удалиться въ свою комнату и дать полную свободу слезамъ, которыя ея. душили; но вотъ, наконецъ, экипажъ остановился, Викторъ Федоровичъ вышелъ первый, за нимъ послѣдовала Наташа.

— Иди съ Богомъ спать, моя дѣвочка,— снова раздался надъ ухомъ Наташи тихій, задушевный голосъ, который всегда дѣйствовалъ на нее особенно благотворно:— никто не будетъ тебя тревожить, успокойся, ты сегодня слишкомъ много перечувствовала.

Наташа поцѣловала его руку и, видимо не желая вступать въ дальнѣйшій разговоръ, поспѣшно удалилась.

Ночь она провела безпокойно, ей все грезилась какая-то незнакомая женская фигура, напоминающая собою фигуру Лидіи Николаевны и въ то же время соединяющая въ себѣ столько чего-то страшнаго. "Это мачиха", повторяла дѣвочка, раскидываясь по кровати, и затѣмъ снова впадала въ забытье.

Юлія Федоровна, комната которой находилась по сосѣдству, ясно слышала все и, конечно, сознавала, что была единственною причиною такого напряженнаго состоянія своей питомицы, но обладая отличительною чертою характера, никогда ни въ чемъ не признавать себя виноватою, не придавала бреду Наташи никакого значенія.

Проснувшись на слѣдующее утро раньше обыкновеннаго, Наташа сразу почувствовала себя настолько дурно, что даже не могла встать съ постели. Юлія Федоровна встревожилась, Викторъ Федоровичъ тоже; но, приписывая недомоганіе дочери послѣдствіямъ недавняго волненія, все-таки не предполагалъ ничего серьезнаго.

Лидія Николаевна, одаренная отъ природы чрезвычайно добрымъ сердцемъ и тактичностью, съ большимъ трудомъ удерживала мужа отъ того, чтобы высказать Юліи Ѳедоровнѣ свое подозрѣніе, касательно вреднаго вліянія, которое она, по его мнѣнію, имѣла на Наташу, причемъ, согласно данному обѣщанію, не входила въ комнату больной до тѣхъ поръ, пока послѣдняя уже подъ вечеръ слѣдующаго дня окончательно потеряла сознаніе и не могла узнавать никого изъ окружающихъ.

Увидавъ, что болѣзнь Наташи принимаетъ серьезный характеръ, Юлія Федоровна совершенно потеряла голову, и когда пріѣхавшій изъ сосѣдняго города докторъ объявилъ, что у дѣвочки начинается натуральная оспа, до того перетрусила, что въ одинъ мигъ собравъ пожитки, моментально уѣхала въ Петербургъ, къ одной своей дальней родственницѣ.

Лидіи Николаевнѣ пришлось взять на себя обязанность ходить за Наташей; несмотря на увѣщеванія мужа остерегаться соприкосновенія съ заразительною болѣзнью, пригласить сестру милосердія, молодая женщина не хотѣла уступить; она выказывала необычайное самоотверженіе, тщательно исполняла все то, что предписывалось докторомъ, и ни на минуту не отходила отъ своей падчерицы, которую, въ концѣ-концовъ, почти, такъ сказать, вырвала изъ когтей смерти. Наташа стала поправляться.

По приказанію доктора, въ комнатѣ, гдѣ лежала больная, постоянно поддерживался полумракъ; докторъ боялся, чтобы излишній свѣтъ не повредилъ зрѣнію дѣвочки, организмъ которой, послѣ перенесенной болѣзни оказался до того слабымъ и расшатаннымъ, что приходилось обращать вниманіе на все, чтобы предупредить новую бѣду, да и, кромѣ того, всѣ боялись, какимъ образомъ она отнесется къ присутствію мачихи.

Сначала Наташа не придавала значенія этому полумраку, но затѣмъ, послѣдніе дни въ особенности, нѣсколько разъ обращалась къ доктору съ настоятельной просьбой поднять сторы.

— Скоро, скоро подымемъ, дорогая,— отозвался докторъ:— дайте срокъ хорошенько укрѣпиться глазамъ, да наконецъ къ чему, вѣдь вамъ не вышивать.

— Я хочу видѣть окружающихъ.

— Вы и безъ того ихъ видите.

— Не настолько ясно, какъ бы мнѣ хотѣлось.

— Однако узнаете...

— Не всегда; вотъ папу, напримѣръ, вижу и узнаю отлично, няню и тетю Юлію...

Дѣвочка запнулась и, сію же минуту, перевела разговоръ на другой предметъ, искоса поглядывая въ сторону Лидіи Николаевны, которая поспѣшно вышла изъ комнаты, подъ предлогомъ приказать кухаркѣ; сдѣлать свѣжій лимонадъ.

— Тетю Юлію не узнаете?— продолжалъ докторъ,

догадавшись, что Наташа по этому поводу хотѣла что-то сказать.

— Да... она странная какая-то... все говоритъ шепотомъ и всегда старается сѣсть за моимъ изголовьемъ, точно для того, чтобы не быть замѣтною.

— Это вамъ такъ кажется.

— Можетъ быть.

По интонаціи голоса Наташи докторъ, однако, понялъ, что дѣвочка догадывается, что на мѣстѣ тети Юліи здѣсь сидитъ другая женщина, но ему интересно было знать, догадывается ли Наташа, кто именно это другая; онъ попробовалъ вторично повести разговоръ на эту тему, но Наташа отклонила его, и, откинувъ голову на подушку, сказала, что ее ко сну клонитъ.

— Усните, — отозвался докторъ: — сонъ для выздоравливающихъ самое лучшее лекарство; до свиданія.

Какъ только шаги добраго эскулапа затихли, Наташа сейчасъ же открыла глаза, присѣла на кровати и стала осматриваться кругомъ съ напряженнымъ вниманіемъ; затѣмъ протянула руку къ стоявшему около ея изголовья креслу, гдѣ лежалъ забытый Лидіей Николаевной носовой платокъ, поспѣшно чиркнула спичку и начала разсматривать вензель.

— Буква Л, — проговорила Наташа дрожащимъ голосомъ, — значить это такъ... я не ошиблась, вмѣсто тети Юліи за мною все время ухаживала она... Эта женщина; не испугалась моей заразительной болѣзни, съ. какимъ вниманіемъ и съ какою аккуратностью давала лекарство, смазывала кисточкою больныя мѣста на лицѣ и тѣлѣ... значить, я не ошиблась..— въ третій разъ повторила, дѣвочка, въ душѣ которой вдругъ закопошилось хорошее, теплое чувство къ Лидіи Николаевнѣ;— ей хотѣлось сейчасъ, сію минуту спрыгнуть съ постели, бѣжать за нею слѣдомъ, кинуться въ ея объятія и искренно просить прощенія... Но гдѣ тетя Юлія, почему ея нѣтъ здѣсь? Все это ужасно странно... ужасно непонятно... Разсуждая подобнымъ образомъ, Наташа продолжала сидѣть на кровати.

— Ната, ты сѣла?— раздался вдругъ голосъ отца, неожиданно показавшагося на порогѣ,— тебя это не утомляетъ?

— Нѣтъ, папа, ничего; благодаря Бога, я теперь чувствую достаточно силъ, и думаю, что докторъ скоро даже разрѣшитъ вставать съ постели.

— Онъ сказалъ мнѣ, что сегодня нашелъ тебя; въ отличномъ, состояніи.

— А на счетъ сторъ, папа, ничего не говорилъ?

— Съ завтрашняго дня позволилъ поднять.

Наташа очень обрадовалась, и съ нетерпѣніемъ ожидала слѣдующаго дня, надѣясь, при поднятой сторѣ, увидѣть Лидію Николаевну уже совершенно явственно; но, къ крайнему ея удивленію, съ того момента, какъ стора поднялась, Лидія Николаевна перестала показываться; ее замѣнила старушка няня, да самъ Викторъ Федоровичъ, выраженіе лица котораго съ перваго же раза показалось Наташѣ настолько серьезнымъ и встревоженнымъ, что она даже испугалась.

Рѣшивъ во что бы то ни стало доискаться истины, Наташа попробовала заговорить по этому поводу съ няней, но няня вообще не отличалась словоохотливостью, и на всѣ вопросы отвѣчала такъ уклончиво, что рѣшительно ничего нельзя было понять; тогда Наташа заговорила съ отцомъ, воспользовавшись первымъ удобнымъ случаемъ, когда они остались глазъ на глазъ.

— Папа,— начала она нерѣшительно:— я давно хотѣла сдѣлать тебѣ одинъ вопросъ.

— Какой, мой другъ, — отозвался Викторъ Федоровичъ.

— Скажи, пожалуйста, гдѣ тетя Юлія, почему она больше не приходитъ сюда?

— Больна,— коротко отвѣчалъ отецъ.

— Бѣдная, значитъ она захворала одновременно со мною?

— Нѣтъ, она захворала всего нѣсколько дней тому назадъ.

Наташа устремила на отца долгій, пристальный, испытующій взглядъ, отъ котораго отецъ невольно потупился.

— Да, она захворала всего нѣсколько дней тому назадъ,— повторилъ онъ, не поднимая глазъ:— заразилась, ухаживая за тобою.

— Какъ... заразилась, да ты говоришь про кого? папа я тебя не понимаю; про настоящую тетю Юлію, или про ту чудную, святую женщину, которая не покидала меня за все время моей болѣзни?

Викторъ Федоровичъ взглянулъ на дочь съ удивленіемъ; онъ не вѣрилъ собственнымъ ушамъ, а переспросить почему-то боялся...

Нѣсколько минутъ продолжалось упорное молчаніе, которое Наташа однако нарушила первая.

— Папа, милый, да сжалься же надо мною, не томи, скажи

правду... Я хочу все знать... Я вѣдь сразу догадалась... и узнала... — взмолилась Наташа, обвивая своею исхудалою ручкою загорѣлую шею отца.

— Что мнѣ сказать тебѣ, крошка, что ты хочешь знать, о чемъ догадалась, — отозвался Викторъ Федоровичъ взволнованнымъ голосомъ.

— За мною ухаживала не тетя Юлія, а Лидія Николаевна... новая мама, — тихо, вкрадчиво прошептала Наташа.

Викторъ Федоровичъ вмѣсто отвѣта крѣпко прижалъ къ груди Наташу, которая при этомъ замѣтила, что на глазахъ его выступили слезы.

— И ты говоришь, что она заразилась отъ меня и теперь сама заболѣла?

Викторъ Федоровичъ утвердительно кивнулъ головою.

— О, я сейчасъ же, сію минуту, бѣгу къ ней... я хочу приложить всѣ свои силы, все свое умѣніе, все стараніе, чтобы помочь ей, облегчить ее... Она милая.. хорошая... добрая.

Съ этими словами Наташа поспѣшно соскочила съ кровати, и, несмотря на увѣщаніе отца, непремѣнно потребовала, чтобы ей принесли платье и позволили пройти въ комнату больной.

Викторъ Федоровичъ былъ глубоко тронутъ; но боясь за силы дочери, -все-таки не хотѣлъ позволить привести задуманный планъ въ исполненіе до тѣхъ поръ, пока пріѣхавшій докторъ, наконецъ, далъ на это полное согласіе.

Наташа немедленно пошла на половину мачихи, которую дѣйствительно застала больною; по мѣрѣ того, какъ ея собственныя силы возстанавливались, она все дольше и дольше засиживалась въ комнатѣ Лидіи Николаевны. О прежней ненависти не было и помину, дѣвочка съ каждымъ днемъ привязывалась къ ней все сильнѣе и сильнѣе — выказывала такую дѣльную, разумную заботливость при ухаживаніи за ней во время болѣзни, что отецъ только удивлялся.

О Юліи Федоровнѣ, какъ Викторъ Федоровичъ, такъ равно и Наташа, избѣгали говорить, и внезапный отъѣздъ ея, вызванный страхомъ заразиться, старались объяснить просто нервнымъ состояніемъ, причемъ Викторъ Федоровичъ все-таки, при каждомъ удобномъ случаѣ, повторялъ Наташѣ, что она должна помнить и цѣнить, что тетя Юлія ее выростила.

Наташа вполнѣ съ нимъ соглашалась, но когда, однажды, отъ Юліи Федоровны получилось письмо, съ увѣдомленіемъ, что она намѣрена навсегда поселиться въ Петербургѣ у своей замужней сестры и въ Заполье больше вернуться не расчитываетъ, то въ. глубинѣ души все-таки искренне порадовалась.

Такимъ образомъ въ Заполье водворились миръ, тишина и спокойствіе; Лидія Николаевна вскорѣ совершенно поправилась; согласно ея желанію, поступленіе Наташи въ гимназію было отложено на годъ; она сама занималась съ падчерицею; занятія шли очень успѣшно, благодаря умѣнію первой взяться за дѣло и старанію второй быть постоянно прилежной; цѣлые дни онѣ проводили вмѣстѣ, если не за учебнымъ занятіемъ, то за какимъ нибудь рукодѣліемъ, за чтеніемъ, или просто отправлялись гулять, иногда катались нѣсколько часовъ въ шарабанѣ.

Любимая прогулка Наташи была по направленію къ мельницѣ, гдѣ маленькая Агаша, выросшая чуть не на полъ аршина послѣ недавно перенесенной болѣзни, всегда, встрѣчала ихъ съ распростертыми объятіями.

Счастье отъ несчастья

— Маруся, или же обѣдать, — кликнула Наталья Ивановна Забѣлина свою-дочь, которая, только-что вернувшись изъ гимназіи и положивъ на мѣсто ранецъ съ книгами и тетрадками, пристально смотрѣла въ одно изъ оконъ будуара, выходившаго на дворъ, гдѣ какъ разъ напротивъ жила семья какого-то бѣднаго чиновника, состоящая изъ его самого, жены, дочери лѣтъ двѣнадцати и двухъ маленькихъ мальчиковъ.

Первому на видъ можно было дать лѣтъ восемь, второму не больше пяти; оба они отличались блѣдными, болѣзненными личиками, невольно внушая къ себѣ состраданіе, и, при этомъ, постоянно были очень плохо одѣты.

Маруся часто встрѣчала ихъ на улицѣ, точно такъ же, какъ и старшую дѣвочку, которая ежедневно сталкивалась съ нею у воротъ, когда она, т.-е. Маруся, по утрамъ отправлялась въ гимназію; дѣвочка же эта, очевидно, въ гимназію не ходила; одѣта она была немножко лучше своихъ братьевъ и, по всей вѣроятности, дома исправляла мѣсто стряпухи, такъ какъ, при каждой встрѣчѣ, Маруся видѣла, что она тащитъ въ рукахъ то краюху хлѣба, то кружку съ молокомъ, то вообще какую-нибудь тому подобную незатѣйливую провизію.

Но вотъ уже нѣсколько дней дѣвочка не попадалась Марусѣ, которая теперь, въ минуту этого разсказа, увидѣвъ, что ея маленькая знакомая-незнакомка, припавъ лобикомъ къ стеклу оконной рамы, стоитъ задумчиво и даже какъ будто плачетъ, невольно на нее засмотрѣлась; ей стало жаль бѣдную труженицу, и чѣмъ дольше она на нее смотрѣла, тѣмъ какъ то тоскливѣе было у нея на душѣ.

— Что такое могло случиться? о чемъ она плачетъ?— мысленно задавала себѣ вопросъ Маруся, напрягая все свое вниманіе, чтобы лучше разглядѣть внутренность квартиры родителей бѣдной дѣвочки и какимъ-нибудь способомъ разгадать причину того мрачнаго настроенія, которое выражалось на ея миловидномъ личикѣ.

— Маруся, мы ждемъ тебя,— снова раздался голосъ матери, заставившій Марусю немедленно отойти отъ окна, направиться въ столовую и занять обычное мѣсто за. обѣденнымъ столомъ, гдѣ дѣйствительно вся семья уже оказалась въ сборѣ.

Находясь подъ вліяніемъ какой-то непонятной тоски, вызванной, конечно, созерцаніемъ печальнаго личика сосѣдки, Маруся сначала оставалась задумчивою, почти не принимая участія въ разговорѣ, но затѣмъ, въ концѣ-концовъ, заразившись общимъ оживленіемъ, мало-по-малу забыла о ней, стала болтать и смѣяться наравнѣ съ другими, и какъ только кончился обѣдъ,, съ радостью приняла приглашеніе матери поѣхать прокатиться и заодно сдѣлать кой-какія покупки.

Въ квартирѣ бѣднаго чиновника между тѣмъ, повидимому, далеко не чувствовалось подобное довольство: обѣ крошечныя комнаты, занимаемыя его семьею, были нетоплены уже два дня, прилегающая къ нимъ кухня — тоже самое; въ углу, около холодной печки, помѣщалась кровать, на которой лежала относительно еще молодая, но изнуренная болѣзнію женщина — то была сама хозяйка дома, жена коллежскаго регистратора Анна Яковлевна Михайловская, нѣсколько поодаль копошились два мальчугана, закутанные въ дырявыя пальто; старшая сестра, Сонюшка, старалась развлечь ихъ, разставляя по полу деревянные кубики, но это, повидимому, мало занимало мальчиковъ, которые съ досадою толкали кубики, разрушая въ одинъ мигъ труды Сони, мастерившей башню, арки и ворота, или же тихонько принимались всхлипывать, шепотомъ просили кушать и жаловались на то, что имъ холодно.

— Погодите, сейчасъ придетъ папа, принесетъ денегъ, печку затопимъ, обѣдъ состряпаемъ,— утѣшала Сонюшка такимъ упавшимъ голосомъ, что, слушая ее, каждый взрослый человѣкъ, конечно, сейчасъ бы понялъ и догадался, что это она говоритъ просто такъ, что ничего подобнаго не будетъ;— но дѣтки вѣрили словамъ сестры, блѣдныя личики ихъ оживились, по губамъ скользнула улыбка.

— Ты что намъ приготовишь сегодня, супъ, щи, кашу, котлеты?— спрашивалъ маленькій мальчикъ Володя.

— Котлеты, — отозвалась Сонюшка, зная, что это любимое блюдо мальчика.

— Не надо котлетъ, — возразилъ Николинька: — я хочу кашу, печеное яблоко, щи.

— Ну, ну, хорошо, все будетъ... все приготовлю, только сидите смирно, не безпокойте маму, она, кажется, заснула.

— Нѣтъ, Сонюшка, я не сплю,— послышался изъ-подъ ватнаго одѣяла слабый голосъ Анны Яковлевны: — они меня не безпокоятъ. А ты вотъ лучше скажи, есть ли у насъ въ самомъ дѣлѣ что-нибудь перекусить?

— Ты хочешь кушать, мамочка,— перебила Соня и на лицѣ ея выразилась одновременно радость и тревога.

Радовалась она тому, что приглашенный на послѣднія деньги докторъ недавно предупредилъ, что появленіе аппетита будетъ предвѣстникомъ скораго выздоровленія, тревожилась же вслѣдствіе боязни, что мать попроситъ кушать именно сегодня, когда въ домѣ положительно не было ни гроша.

— Нѣтъ, Сонюшка, я не для себя... мнѣ ничего не надо... я сыта,— продолжала Анна Яковлевна:— а ихъ вотъ жалко...

На глазахъ Сони выступили слезы... она хотѣла что-то отвѣтить, но въ это время дверь, ведущая въ кухню, отворилась и на порогѣ показался отецъ.

— Вотъ деньги... досталъ,— обратился онъ къ Сонѣ:— сейчасъ намъ привезутъ немного дровъ, а ты тѣмъ временемъ сходишь въ лавку купить какой-нибудь провизіи.

— Хорошо,— отозвалась дѣвочка, протягивая руку, чтобы взять поданную трехрублевую бумажку,— но затѣмъ взглянула на отца и невольно отступила назадъ; отецъ стоялъ весь посинѣлый отъ холода, безъ верхняго платья, въ одномъ сюртукѣ, съ ногъ до головы занесенный снѣгомъ.

— Папа, что съ тобою? ты пришелъ безъ пальто,— воскликнула Соня.

— Я его продалъ, чтобы на вырученныя деньги купить полъ сажени дровъ и хотя въ продолженіе нѣсколькихъ дней не умереть съ голоду.

— Но какъ же, папа, тебѣ придется выходить... а въ такіе морозы развѣ можно въ одномъ сюртукѣ?

— У меня есть лѣтнее.

— Да вѣдь оно совсѣмъ легкое, безъ ваты.

— Не теряй времени въ напрасныхъ разговорахъ, Сонюшка, или скорѣе въ лавку и принеси все необходимое; пальто продано за 7 рублей, три рубля стоятъ дрова, рубль надо будетъ отдать въ аптеку за лекарство мамы, а этими тремя

66

рублями тебѣ придется насъ кормить до двадцатаго числа, т.-е. до получки моего небольшого жалованья; сегодня же у насъ еще только девятое, распорядись такъ, чтобы хватило, больше взять неоткуда!

Соня кивнула головой и принялась одѣваться.

— Купи котлетъ, купи яблоковъ, купи сливокъ,— въ одинъ голосъ повторяли маленькіе братишки, совершенно успокоенные мыслію, что скоро они будутъ обѣдать и затопятъ печку.

— Хорошо, хорошо,— машинально повторила дѣвочка — и, по прошествіи нѣсколькихъ минутъ, вышла изъ комнаты, чтобы исполнить возложенное на нее порученіе, какъ можно лучше и экономнѣе.

На дворѣ начало смеркаться, снѣгъ продолжалъ валить густыми хлопьями и подгоняемый отъ времени до времени сильнымъ порывистымъ вѣтромъ, почти превратился въ мятель, вслѣдствіе чего Соня плотнѣе завернулась въ большой байковый платокъ, замѣнявшій ей шубу, и еще быстрѣе зашагала впередъ но скользкому тротуару.

— Здравствуйте, барышня, привѣтствовалъ ее знакомый приказчикъ, когда она вошла въ ту мелочную лавочку, гдѣ всегда забирала провизію.

— Здравствуйте, Иванъ.

— Что прикажете?

— Пришла кой-чего купить къ обѣду.

— Поздненько пожаловали, скоро шесть часовъ, вы нынче обѣдаете по аристократически.

Сонѣ было не до шутокъ; она ничего не отвѣтила на

замѣчаніе приказчика и, попросивъ отпустить фунтъ чернаго хлѣба, кружку молока и картофелю, сунула руку въ карманъ, чтобы расплатиться, но тутъ вдругъ къ ужасу своему увидѣла, что полученной отъ отца трехрублевки въ карманѣ не оказалось.

— Потеряла!— вскричала она съ ужасомъ, поблѣднѣвъ какъ полотно.

— Что потеряли?— спросилъ удивленный приказчикъ.

— Деньги потеряла...

— Деньги? Скажите какое несчастіе, посмотрите хорошенько кругомъ на полу, можетъ, куда завалились, карманъ вытряхните.

Соня дрожащею рукою вывернула карманъ, въ которомъ, однако, кромѣ носового платка ничего не оказалось; потомъ съ помощью приказчика и остальныхъ подручныхъ тщательно осмотрѣла весь полъ, но и тутъ результатъ получился печальный.

— Что теперь дѣлать?— заговорила тогда дѣвочка, едва сдерживая слезы:— вы, можетъ быть, мнѣ на этотъ разъ въ долгъ повѣрите.

— Извините, милая барышня, никакъ не могу, вы и безъ того порядочно задолжали; хозяинъ сердится и, не далѣе какъ сегодня утромъ, положительно запретилъ отпускать вамъ въ кредитъ.

— Но вѣдь тутъ, кажется, такъ немного.

— Все равно не могу... извините!

Съ этими словами приказчикъ пододвинулъ ближе къ себѣ сдѣланный Соней заказъ и поспѣшно прикрылъ его обѣими руками, словно боясь, чтобы Соня грѣхомъ еще чего не стащила.

Что же касается Сони, то она продолжала стоять неподвижно; ей живо пришелъ на мысль несчастный отецъ, весь окоченѣлый отъ холода, весь занесенный снѣгомъ; она знала какой дорогою цѣною досталась ему эта несчастная трехрублевка, знала, что на нее надо было прожить цѣлыхъ десять дней, а теперь вдругъ такое несчастіе...

— Папа получить жалованье 20 числа, расплатится,— заговорила бѣдняжка, дрожа точно въ лихорадкѣ.

— До двадцатаго еще далеко,— возразилъ приказчикъ — и, видимо не желая продолжать непріятный разговоръ, сталъ въ сторону, посовѣтовавъ Сонѣ выйти на улицу, чтобы, посмотрѣть хорошенько, не лежатъ ли ея деньги на тротуарѣ.

Какъ утопающій хватается за соломинку, такъ точно и Соня ухватилась за этотъ совѣтъ, хотя, несмотря на свои волненія, въ глубинѣ души оставалась твердо убѣжденною, что деньги найти невозможно.

Очутившись на улицѣ, бѣдняжка принялась-было разрывать снѣгъ ногами, но затѣмъ, почувствовавъ, что ноги начинаютъ зябнуть, рѣшила прекратить поиски, и, обливаясь горькими слезами, пошла по направленію къ дому, чтобы признаться во всемъ, предвидя заранѣе какое общее горе вызоветъ это признаніе. Чѣмъ ближе подходила она къ тому мѣсту, гдѣ находился домъ, въ которомъ жили ея родители, тѣмъ тревожнѣе билось бѣдное, изстрадавшееся сердечко, тѣмъ болѣе путались въ головѣ мысли, тѣмъ сильнѣе подкашивались ноги, въ концѣ-концовъ совершенно отказавшіяся двигаться!

— Берегись!— раздался надъ самымъ ея ухомъ громкій

мужской голосъ, въ тотъ моментъ, какъ она намѣревалась сойти, съ тротуара, чтобы переправиться на противоположную сторону улицы.

— Ай!— невольно, вскрикнула тогда дѣвочка, и, обернувшись назадъ, увидѣла въ нѣсколькихъ шагахъ отъ себя пару рослыхъ вороныхъ рысаковъ, запряженныхъ въ щегольскія сани, въ которыхъ сидѣла Маруся Забѣлина, рядомъ со своею матерью.

Вслѣдствіе наступившихъ сумерокъ и дурной погоды, Маруся, конечно, не замѣтила Сони, но Соня узнала ее съ перваго взгляда, несмотря на то, что сани пронеслись довольно быстро.

— Счастливая!— сорвалось съ губъ дѣвочки, невольно слѣдившей глазами за своей богатой сосѣдкой, ей никогда не приходилось испытать того, что я испытываю въ настоящее время...

Сани, между тѣмъ, остановились около кондитерской; не смотря на дальность разстоянія, Соня видѣла отлично, какъ изъ нихъ выпрыгнула Маруся, какъ за нею вышла ея мать, и какъ обѣ скрылись за стеклянными дверьми этой кондитерской;— она ускорила шагъ, ей почему-то хотѣлось еще разъ ближе взглянуть на эту счастливую дѣвочку, и дѣйствительно, не успѣла она поравняться съ домомъ, гдѣ находилась кондитерская, какъ стеклянныя двери послѣдней снова распахнулись, и изъ нихъ вышла Наталья Ивановна въ сопровожденіи дочери и самого кондитера, который въ полномъ смыслѣ слова былъ нагруженъ разными корзинками, покупками и свертками.

— Счастливая!— вторично повторила бѣдная Соня, стараясь встать такимъ образомъ, чтобы быть замѣченной Марусей, но Маруся, по примѣру предъидущаго раза, не обратила на нее никакого вниманія; сани понеслись впередъ, и бѣдняжка, печально склонивъ голову, уже хотѣла повернуть въ одинъ изъ ближайшихъ переулковъ, ведущихъ къ дому сокращеннымъ путемъ, но вдругъ почувствовала подъ ногами что-то твердое, нагнулась и увидѣла лежавшій на снѣгу кошелекъ изъ краснаго сафьяна.

Все это случилось до того скоро и такъ неожиданно, что дѣвочка положительно не успѣла опомниться; въ первую минуту она даже растерялась, не зная слѣдуетъ ли ей поднять кошелекъ, или оставить лежать на прежнемъ мѣстѣ; но затѣмъ, нѣсколько успокоившись отъ охватившаго ее чувства волненія, все-таки взяла его въ руки и, поравнявшись съ горѣвшимъ фонаремъ, поспѣшно открыла, чтобы посмотрѣть, что въ немъ заключается.

Кошелекъ оказался туго набитымъ десяти, пяти, и трехрублевыми бумажками, кромѣ того, тамъ было много мелочи.

Соня никогда еще не видывала такого обилія денегъ; она не смѣла вѣрить, что все это случилось съ нею на яву а не во снѣ, и, представляя себѣ радость-домашнихъ при видѣ подобной находки, уже собиралась бѣжать домой, но потомъ вдругъ, сама не зная почему, перемѣнила намѣреніе; взявъ только одну трехрублевую бумажку и бережно опустивъ ее въ карманъ, дѣвочка вмѣсто того, чтобы идти домой, снова направилась къ лавкѣ.

— Вотъ деньги, дайте мнѣ мою провизію,— обратилась она къ приказчику дрожащимъ голосомъ.

— Неужели вы нашли ваши деньги?— спросилъ онъ съ удивленіемъ.

— Нашла,— отвѣчала Соня, опустивъ глаза и чувствуя, что краснѣетъ отъ непривычки лгать и обманывать.

— Какъ это странно; въ такую погоду ихъ не унесло вѣтромъ, да и вообще никто не поднялъ... ну, барышня, это ужъ особенное счастье, извольте вашу провизію и сдачу — сказалъ приказчикъ, искоса поглядывая на свою маленькую покупательницу, плохо скрытое волненіе которой онъ приписывалъ, конечно, только радости.

Соня, торопливо зашагала впередъ; до дому было уже недалеко, и менѣе чѣмъ черезъ десять минутъ цѣль путешествія оказалась достигнутой; когда она открыла двери своей крошечной квартиры, то въ кухнѣ уже былъ разведенъ огонь; отецъ самъ трудился надъ тѣмъ, чтобы плита затопилась скорѣе, и съ нетерпѣніемъ прислушивался не идетъ ли Соня, не понимая, почему дѣвочка могла такъ долго замѣшкаться.

— Наконецъ-то! — сказалъ онъ взглянувъ на нее ласково: — мы соскучались ожидать тебя; почему ты такъ долго не возвращалась?

— Сейчасъ, папочка, разскажу все, что со мною случилось; такая интересная исторія, какой ты никогда не ожидаешь.

— Исторія, Сонюшка, послѣ; — отозвался онъ шутя: — дѣтки да и я порядочно проголодались, а ты знаешь, что есть даже пословица: "соловья баснями не кормятъ", принимайся-ка скорѣе стряпать.

— Да, да, Сонюшка, принимайся! — торопили дѣтки: — мы очень хотимъ кушать.

Соня употребляла все свое стараніе, чтобы какъ можно скорѣе вымыть картофель и поставить вариться, затѣмъ поспѣшно нарѣзала хлѣбъ ровными частями, разлила по чашкамъ молоко; все это поставила на столъ, и, когда отецъ съ маленькими дѣтьми усѣлись на мѣста, чтобы начать обѣдать, молча, съ торжественнымъ видомъ положила тутъ же на столѣ красный сафьяновый кошелекъ.

— Что такое? откуда этотъ кошелекъ?— съ удивленіемъ спросилъ отецъ.

Соня въ короткихъ словахъ разсказала все то, что намъ уже извѣстно.

— Сію минуту отнеси его въ полицію, пусть разузнаютъ гдѣ живетъ та дама, которой онъ принадлежитъ, и возвратятъ ей.

— Она живетъ въ нашемъ домѣ, ея фамилія Забѣлина, — отозвалась Соня, нѣсколько смутившись при мысли, что ежели кошелекъ будетъ возвращенъ по назначенію, то владѣлица его, конечно, пересчитаетъ деньги и увидитъ, что тамъ недостаетъ трехъ рублей.

— Ты знаешь No ея квартиры?— продолжалъ отецъ.

— Знаю.

— Такъ бѣги сейчасъ, сію минуту, не мѣшкай.

— Папа, ты не хочешь оставить у себя кошелька?— удивленно воскликнулъ Володя, — вѣдь ты сейчасъ только говорилъ, что у насъ нѣтъ денегъ, а этотъ кошелекъ смотри какой толстый.

— Все равно, голубчикъ, онъ чужой... мы не можемъ имъ пользоваться.

— Та дама, которая его уронила, навѣрное богата...

— Насъ это не касается.

— Да подумай, папа, какое тамъ множество денегъ, жалко отдавать... сколько бы мы теперь могли купить дровъ, кушанья, всякаго лакомства...

Соня молча слушала разговоръ отца съ маленькими

73

братьями, она вполнѣ сознавала, что отецъ былъ правъ, что деньги возвратить слѣдуетъ, но при воспоминанiи злосчастной трехрублевки приходила въ такое отчаянiе, что готова была расплакаться.

— Одѣвайся и иди,— снова обратился къ ней отецъ:— госпожа Забѣлина навѣрное уже вернулась съ катанья, я не буду покоенъ до тѣхъ поръ, пока кошелекъ не очутится въ ея рукахъ; брать чужое стыдно, грѣшно, это все равно, что украсть.

— Все равно что украсть!— повторили мальчуганы, всплеснувъ своими маленькими руками,— о, тогда, Сонюшка, бѣги, бѣги скорѣе!

Слово "украсть", Сказанное отцомъ и затѣмъ повторенное братишками, какъ-то странно прозвучало въ ушахъ бѣдной Сони.

— Украсть... украсть...— твердила она шепотомъ, закутываясь въ байковый платокъ и крѣпко сжимая въ карманѣ туго набитый кошелекъ, чтобы отнести его въ квартиру Забѣлиныхъ.— Украсть... да, папа разсуждаетъ вѣрно; взять чужое все равно, что украсть... А я взяла чужiя деньги, истратила ихъ, т.-е., говоря иными словами, украла!

И дѣвочка, не помня Себя отъ ужаса, вызваннаго подобнымъ рѣшенiемъ, какъ безумная выбѣжала изъ комнаты.

На дворѣ попрежнему бушевала вьюга, но Соня не замѣчала ничего: съ раскраснѣвшимися отъ волненiя щеками, она въ одинъ мигъ спустилась съ лѣстницы, обогнула небольшую площадь, отдѣлявшую ея подъѣздъ отъ черной лѣстницы Забѣлиныхъ, и, шагая черезъ двѣ ступени, живо очутилась около ихъ кухонной двери; оставалось только дернуть колокольчикъ — вещь, кажется, не трудная, а между тѣмъ, Соня, болѣе пяти минутъ, не могла заставить себя приложить руку къ этому колокольчику; она стояла въ мучительномъ раздумьѣ, сама не зная какъ поступить, что дѣлать, на что рѣшиться; но вотъ внизу послышались тяжелые шаги дворника, явившагося на лѣстницу зажигать лампы. Соня очнулась, и, совершенно машинально, и словно повинуясь какой-то посторонней, невидимой силѣ, позвонила.

Дверь немедленно отворилась.

Соня сдѣлала шагъ впередъ, чтобы войти въ кухню, но стоявшая на порогѣ горничная остановила ее; взволнованное личико дѣвочки, раскраснѣвшіяся щеки и какіе-то странные блуждающіе глаза показались ей подозрительными.

Что вамъ надобно? кто вы такая? зачѣмъ пришли?— спросила горничная строгимъ голосомъ.

— Мнѣ надо видѣть вашу барыню, я живу здѣсь въ домѣ... меня зовутъ Соней... пришла по очень важному дѣлу...— несвязно бормотала дѣвочка.

— Какое тамъ можетъ быть важное дѣло у васъ къ моей барынѣ; вы вѣрно просто ошиблись и попали не туда, куда слѣдуетъ; уходите съ Богомъ.

— Нѣтъ, я не уйду до тѣхъ поръ, пока не увижу госпожу Забѣлину, мнѣ необходимо сказать ей нѣсколько словъ,— отозвалась Соня съ такою твердостью, что горничная, не найдя словъ для возраженія, поневолѣ впустила ее въ кухню.

— Погодите немного, обогрѣйтесь, вы, кажется, очень озябли, я сейчасъ пойду доложу,— сказала она уже гораздо ласковѣе.

Соня опустилась на стулъ; въ ожиданіи возвращенія горничной она, отъ нечего дѣлать, начала внимательно разглядывать кухню, гдѣ около загроможденной кострюлями плиты стояла толстая, краснощекая кухарка, которая вся поглощенная дѣломъ не удостоила ее даже вниманіемъ.

Въ кухнѣ было такъ хорошо, тепло, уютно, пахло жареными рябчиками. Соня, успѣвшая за все свое странствованіе порядочно проголодаться, съ наслажденіемъ вдыхала въ себя пріятный ароматъ вкуснаго жаркого, до того дразнившаго ея аппетитъ, что она навѣрное рискнула бы попросить удѣлить ей маленькій кусочекъ, еслибы кухарка хоть разикъ обернулась въ ея сторону.

— Идите въ комнаты, барыня велѣла проводить вась,— послышался наконецъ голосъ горничной.

Соня поспѣшно встала съ мѣста и послѣдовала за нею, сначала въ корридоръ, затѣмъ въ столовую и наконецъ въ кабинетъ, гдѣ застала Наталью Ивановну сидящею на диванѣ, рядомъ съ Марусей, которая, увидѣвъ на порогѣ знакомую-незнакомку, даже вскрикнула отъ неожиданности.

— Это вотъ... та самая дѣвочка, съ которою я почти каждый день встрѣчаюсь на дворѣ, идя въ гимназію,— сказала она, привѣтливо поклонившись.

— Та самая,— повторила Соня.

— Что вамъ надобно, моя милая?— вмѣшалась г-жа Забѣлина.

— Я пришла по дѣлу...

— А именно?

— Вы недавно ѣздили куда-то?

— Да, мы ѣздили кататься и за покупками.

— Останавливались около кондитерской, здѣсь неподалеку отъ дому...

— Останавливались.

— Выходя изъ кондитерской ничего не уронили?

— Не знаю право, кажется нѣтъ, а что?

— Я нашла около того мѣста, гдѣ стоялъ вашъ экипажъ, вотъ этотъ самый кошелекъ и думаю, что онъ навѣрное принадлежитъ вамъ.

— Кошелекъ!— повторила Наталья Ивановна, поспѣшно опустивъ руку въ карманъ — и, вслѣдъ за этимъ, сейчасъ же поспѣшила добавить нѣсколько дрожащимъ голосомъ.

Въ самомъ дѣлѣ! но какое счастье, что вы его нашли, дитя мое; въ немъ было очень много денегъ, изъ которыхъ половина даже не принадлежитъ мнѣ... Онъ красный, сафьяновый, съ бронзовымъ замочкомъ.

Соня вмѣсто отвѣта подала только-что поднятый со снѣгу кошелекъ, и когда г-жа Забѣлина отворила его, то бѣдняжка перемѣнилась въ лицѣ, боясь, что она навѣрное станетъ провѣрять лежащія тамъ деньги, и при этомъ, конечно, не досчитается извѣстной суммы; но госпожа Забѣлина, къ счастью, этого не сдѣлала, открывъ кошелекъ она только вытащила оттуда десятирублевую бумажку и подавая ее Сонѣ, проговорила ласково:

— Возьмите это себѣ въ знакъ благодарности за вашъ честный поступокъ; другая на вашемъ мѣстѣ, можетъ быть, поступила бы иначе...

— Нѣтъ... нѣтъ... не надо, я не сдѣлала ничего особеннаго...— начала отговариваться Соня, чувствуя, что щеки ея покрываются яркою краскою стыда и что воспоминаніе истраченной трехрублевки поднимаетъ въ ея душѣ цѣлую бурю волненія;— но Наталья Ивановна не хотѣла ничего слушать; она почти силою сунула въ карманъ дѣвочки десятирублевую бумажку и, еще разъ похваливъ за честный поступокъ, приказала ожидавшей тутъ же въ комнатѣ горничной снова проводить ее въ кухню.

Трудно передать то, что переиспытала за этотъ короткій промежутокъ времени наша бѣдная Соня; съ одной стороны она рада была полученной десятирублевкѣ, которая давала всей семьѣ возможность имѣть обѣдъ до получки жалованья отца, съ другой, напротивъ, чувствовала, что словно камень какой налегъ ей на сердце, съ той минуты, какъ она очутилась въ ея карманѣ.

Медленно, шагъ за шагомъ подвигалась дѣвочка впередъ по двору, и уже начала взбираться на лѣстницу, какъ вдругъ увидѣла идущую на встрѣчу сосѣдку, вдову одного бѣднаго художника, занимавшаго крошечную комнатку въ квартирѣ какого-то мастерового, который жилъ рядомъ съ ними.

— А у насъ какой переполохъ былъ,— обратилась она къ Сонѣ.

— Переполохъ,— повторила Соня,— какой?

— Моего хозяина чуть не обокрали; дверь стояла отворенною, въ кухнѣ никого не было, воришка пробрался незамѣтно, стащилъ самоваръ и уже хотѣлъ бѣжать; но, но счастью, какъ разъ наткнулся на дворника, который, догадавшись въ чемъ дѣло, остановилъ его и отправилъ въ участокъ.

— Вы говорите "воришка", какъ ему, должно быть, теперь стыдно передъ самимъ собой и передъ окружающими.

— У такихъ людей стыда нѣтъ, Сонюшка, для нихъ все

трынъ-трава; начнутъ воровать, а потомъ дойдутъ и до убійства.

Послѣдній слова сосѣдки показались Сонѣ до того страшными, что она даже вздрогнула; передъ нею живо воскресло воспоминаніе того момента, когда она, находясь подъ вліяніемъ отчаянія послѣ потери денегъ, раздобытыхъ съ такимъ трудомъ бѣднымъ папой, вытащила изъ поднятаго на улицѣ въ снѣгу кошелька трехрублевую бумажку, побѣжала мѣнять въ мелочную лавку, сказавъ, что это ея собственныя деньги. "Я тоже вѣдь могу назваться воришкой, — подумала дѣвочка: — воришкой еще болѣе постыднымъ, такъ какъ тотъ, о которомъ разсказывала сосѣдка, поплатился за свой проступокъ и сознался въ немъ, я же дѣйствовала исподтишка, посредствомъ обмана; ай, ай, какъ стыдно... ай, какъ страшно! Сосѣдка говоритъ, что отъ воровства и до убійства недалеко! Неужели я когда-нибудь сдѣлаюсь убійцей? Нѣтъ, нѣтъ! надо сейчасъ бѣжать обратно въ квартиру Забѣлиныхъ, надо возвратить имъ три рубля, надо упросить вычесть ихъ изъ тѣхъ десяти, которые я получила въ награду."

Разсуждая подобнымъ образомъ, дѣвочка немедленно простилась съ своею собесѣдницею, и, вмѣсто того, чтобы идти домой, снова повернула по направленію квартиры Забѣлиныхъ.

— Что вамъ надобно? — грубо обратилась къ ней горничная, когда она вторично позвонила.

— Я хочу видѣть вашу, барыню.

— Но вы только сейчасъ ее видѣли.

— Это ничего не значитъ; я имѣю до нея очень нужное дѣло, пожалуйста доложите.

Горничная пожала плечами, и въ первую минуту рѣшила-было ни въ какомъ случаѣ не безпокоить барыню, но Соня принялась ее упрашивать до того настойчиво, что она, не видя возможности отказать ей, въ концѣ-концовъ принуждена была согласиться.

— Вы хотите сказать мнѣ что-то очень нужное?— спросила Забѣлина, когда Соня снова очутилась въ ея комнатѣ.

Соня не въ силахъ была проговорить ни слова; она бросилась на колѣни передъ Натальею Ивановною, закрыла лицо руками и горько заплакала.

— Мамочка, что съ нею, о чемъ она плачетъ?— шепотомъ спросила Маруся, подойдя къ матери.

— Не знаю право... понять не могу...— отвѣчала послѣдняя, положивъ руку на голову бѣдной дѣвочки и ласково повторивъ тотъ же самый вопросъ.

— Простите! простите меня!— отозвалась, наконецъ, Соня сквозь глухія рыданія..

— Простить тебя, дитя мое, но что же ты сдѣлала? въ чемъ могла провиниться?

— Я... я... я... украла у васъ деньги...

— Не можетъ быть! никогда не повѣрю... это на тебя непохоже, ты неспособна на подобный поступокъ... ты просто больна, ты бредишь...

— Нѣтъ, милая, дорогая моя барыня,— возразила Соня, стараясь сдѣлать надъ собою усиліе, чтобы казаться покойною,— къ несчастью, все то, что я сейчасъ сказала, есть истинная правда.

И дѣвочка въ короткихъ словахъ, прерывая рѣчь слезами передала свои похожденія.

Она говорила такъ искренно, глаза ея смотрѣли такъ честно, такъ открыто, что сомнѣваться въ истинѣ всего сказаннаго было невозможно.

— Ради Бога, позвольте возвратить вамъ три рубля, я не могу успокоиться- до тѣхъ поръ, пока не получу на то вашего согласія... позвольте, умоляю васъ!

— Хорошо, — отвѣчала Наталья Ивановна послѣ минутнаго раздумья:— я согласна съ условіемъ.

— О, я съ своей стороны заранѣе даю согласіе на все, чего бы вы отъ меня ни потребовали; вотъ деньги, возьмите ихъ, ради Бога, размѣняйте сами ту десятирублевую бумажку, которую только что дали...

Г-жа Забѣлина молча взяла изъ рукъ дѣвочки переданную ей десятирублевку, встала съ мѣста, подошла къ столу, открыла одинъ изъ его ящиковъ и, доставъ оттуда кошелекъ, поспѣшно размѣняла деньги.

— Вотъ, ваши семь рублей, моя милая,— снова обратилась она къ Сонѣ, подавая ей слѣдуемую по разсчету сдачу:— теперь я должна объяснить вамъ въ чемъ заключаются мои условія.

— О, да, да, пожалуйста!

— Помните, что вы обязаны выполнить ихъ безпрекословно.

Соня почтительно наклонила голову.

— Вы отнесете вашей мамѣ эти четыре червонца, стоимость которыхъ равняется тридцати рублямъ, и скажете ей, что я посылаю ихъ на лекарство, причемъ искренно желаю скораго выздоровленія.

Соня широко раскрыла глаза.

— Сударыня... такъ много... развѣ это возможно...— пробормотала она несвязно, и снова разразилась рыданіями еще пуще прежняго.

Марусѣ и ея доброй мамѣ стоило большихъ трудовъ успокоить бѣдную дѣвочку, которая, наконецъ, придя въ себя, заявила категорически, что ни въ какомъ случаѣ не возьметъ червонцы.

— Почему? — съ удивленіемъ спросила г-жа Забѣлина.

— Потому что въ результатѣ выйдетъ, что я не возвратила вамъ тѣхъ трехъ рублей, ради которыхъ такъ сильно мучилась.

— Нѣтъ, дитя мое, вы ошибаетесь; то былъ одинъ счетъ, а это другой, совершенно отъ него независимый; возьмите спокойно червонцы и отнесите ихъ мамѣ, они принадлежатъ ей, а не вамъ; слѣдовательно, вы не имѣете права спорить; я вижу ваше доброе, чистое, неиспорченное сердечко... вижу ваше раскаяніе, понимаю, что печальная исторія съ трехрублевкой случилась только потому, что не было иного исхода — не оставлять же въ самомъ дѣлѣ умирать съ голоду цѣлую семью, въ противномъ случаѣ, вы никогда не рѣшились бы на подобный поступокъ... Возьмите же червонцы совершенно покойно и ступайте домой, гдѣ, навѣрное, всё очень тревожатся вашимъ продолжительнымъ отсутствіемъ.

Соня не хотѣла слушать никакихъ доводовъ; крѣпко поцѣловавъ руку г-жи Забѣлиной, она съ такою поспѣшностью выбѣжала изъ комнаты, что ни сама г-жа Забѣлина, ни Маруся не успѣли даже опомниться.

Вернувшись домой, она разсказала подробно отцу и матери весь разговоръ свой съ г-жей Забѣлиной, при этомъ вторично, конечно, приступила къ исповѣди, т.-е. передала все, какъ есть, безъ утайки, относительно вынутой изъ краснаго сафьяннаго кошелька трехрублевой бумажки.

Ей очень хотѣлось знать мнѣніе отца, хотѣлось спросить, какъ бы онъ поступилъ въ данномъ случаѣ, и она уже открыла ротъ, какъ вдругъ дверь скрипнула и въ комнатѣ совершенно неожиданно появилась г-жа Забѣлина въ сопровожденіи Маруси.

— Я пришла съ жалобою на вашу дочь, — сказала она, ласково улыбаясь:— дѣвочка не хотѣла исполнить моей просьбы и передать вамъ то, что я ее просила.

Съ этими словами мать Маруси приблизилась къ кровати больной и положила на- стоявшій около столикъ четыре золотыхъ монеты.

— Прошу убѣдительно, не откажите принять это... Я знаю, что въ данный моментъ вы находитесь въ стѣсненномъ положеніи... когда-нибудь, современенъ, дѣла ваши навѣрное понравятся... тогда вы возвратите,— добавила она послѣ минутнаго молчанія, взглянувъ на больную почти умоляющими глазами.

Предложеніе было сдѣлано такъ деликатно и, въ то же время, съ такою искренностью, что возражать оказалось немыслимо.

Благодаря возможности болѣе не терпѣть холода, и чаще пользоваться совѣтомъ доктора, мать Сони поправилась весьма скоро; Наталья Ивановна навѣщала ее очень часто, ежедневно приносила съ горничной готовый обѣдъ, чай и вообще все необходимое въ такомъ большомъ количествѣ, что хватало не только больной, но даже; ея мужу и дѣтямъ.

83

Отцу Сони вскорѣ было предоставлено мѣсто съ большимъ окладомъ жалованья, вслѣдствіе чего, конечно, прежнихъ недостатковъ и лишеній терпѣть не приходилось.

Соня поступила въ рукодѣльную школу, гдѣ постоянно отличалась прилежаніемъ и вскорѣ получила званіе закройщицы. Свободное отъ занятій время она употребляла на то, чтобы работать исключительно для Маруси и для ея-матери, причемъ ни въ какомъ случаѣ не соглашалась брать съ нихъ платы.

Катина кукла

По одной изъ многолюдныхъ улицъ Петербурга, ведущихъ къ Невскому проспекту, около трехъ часовъ дня пробирались двѣ маленькія дѣвочки; одна изъ нихъ была очень хорошо, почти, можно сказать, даже нарядно одѣта, другая, напротивъ, видимо конфузилась своего скромнаго костюма и, какъ-то неуклюже пожимая плечами, старалась умышленно отстать отъ своей спутницы.

— Люба, да или же скорѣе,— окликнула ее послѣдняя недовольнымъ тономъ.

— Ступай впередъ, Катюша, не дожидайся, я догоню тебя, — отозвалась Люба.— причемъ, однако, нисколько не прибавляла шагу.

— Вотъ ты всегда такъ, когда идешь куда-нибудь безъ меня, то мчишься точно корабль на всѣхъ парусахъ, а какъ только вмѣстѣ, ползешь словно черепаха.

Люба улыбнулась.

— Нечего смѣяться; я этимъ положительно обижаюсь и думаю, что тебѣ просто лѣнь со мною разговаривать, что ты не любишь меня...

— Ай, что ты, Катя, развѣ это возможно!

— Тогда зачѣмъ же отставать?

— Зачѣмъ?— запнулась Люба.

— Зачѣмъ, зачѣмъ,— настаивала Катя, сдѣлавъ нѣсколько шаговъ назадъ, чтобы взять ее подъ руку.

— Затѣмъ, что мнѣ совѣстно идти съ тобою рядомъ, — отозвалась дѣвочка скороговоркою.

— Совѣстно идти со мною рядомъ?

— Да, совѣстно.

— Почему?

— Потому что я дурно одѣта... потому что ежели сравнить мое пальто и платье съ твоими, то они кажутся еще грязнѣе, еще хуже и старомоднѣе.

Въ голосѣ Любы слышались слезы; Катѣ стало жаль ее, нѣсколько минутъ дѣвочки шли молча, затѣмъ, поровнявшись съ игрушечнымъ магазиномъ, Катя остановилась и, желая отклонить тяжелый разговоръ, сейчасъ же постаралась перевести его на другой предметъ, коснувшись различныхъ вопросовъ относительно выставленныхъ въ витринѣ игрушекъ.

— Вотъ еслибы мама завтра по случаю моего рожденія подарила мнѣ такую прелесть, — сказала она, указывая на большую куклу, одѣтую въ роскошное розовое платье съ бѣлыми кружевами и модную шляпку: — посмотри какая она хорошенькая!

Люба молча повернула голову по тому направленію, гдѣ стояла кукла и невольно, залюбовалась ею.

— Однако, мы замѣшкались, — сказала она, наконецъ: пойдемъ дальше.

— Успѣемъ, торопиться некуда.

— Нѣтъ, Катюша, мнѣ нельзя; я должна во-время вернуться домой, чтобы помочь мамѣ приготовить обѣдъ для больной бабушки; ты знаешь какая она у насъ раздражительная.

— Для этого есть кухарка..

— Наша кухарка плохо готовитъ, а бабушка сердится, когда что не такъ приготовлено.

— Зачѣмъ же твоя мама держитъ такую плохую кухарку?

— Затѣмъ, что не можетъ платить дорого.

Съ. этими словами дѣвочка отошла отъ витрины и отправилась далѣе, Катя послѣдовала за нею нехотя.

Въ продолженіе всего остального перехода онѣ почти неумолкаемо болтали о прекрасной куклѣ въ розовомъ платьѣ, но Люба слушала ее разсѣянно неочевидно, думала о другомъ; Катя это замѣтила.

— Да ты не слушаешь меня, — сказала она недовольнымъ тономъ.

— Нѣтъ, мой другъ, я все слышу, только въ то же самое время обдумываю, какимъ бы способомъ рѣшить заданную сегодня въ гимназіи задачу.

— Стоитъ думать о подобныхъ пустякахъ!

Люба укоризненно покачала головою.

— Ну, ну, не сердись, вѣдь ты знаешь какая я вѣтреная, пойдемъ скорѣе, принимайся за свою задачу и за стряпню для больной бабушки, а завтра изволь непремѣнно придти ко мнѣ на шеколадъ, сейчасъ же послѣ уроковъ.

Разсуждая подобнымъ образомъ, дѣвочки подошли къ большому каменному дому; Катя юркнула въ одинъ изъ подъѣздовъ, гдѣ швейцаръ немедленно растворилъ передъ нею двери, а Люба направилась подъ ворота, прошла насквозь весь дворъ и начала подыматься по узкой, грязной лѣстницѣ, ведущей въ ихъ маленькую квартиру.

— Что такъ долго? уроки кончаются ровно въ два часа, а теперь скоро три будетъ, раздался хриплый голосъ сидѣвшей въ ободранномъ креслѣ старухи.

— Простите, бабушка, запоздала; возвращаясь изъ гимназіи, мы съ Катей остановились около игрушечнаго магазина и засмотрѣлись на одну прекрасную куклу.

Старуха замолчала; она очень дорожила отношеніями своей внучки къ Катѣ Мякининой, которая была единственною дочерью зажиточнаго коммерсанта, приходившагося имъ даже дальнимъ родственникомъ, и всегда не только, способствовала тому, чтобы Люба ходила къ нимъ какъ можно чаще, а, кромѣ того, еще заставляла ее забѣгать туда подъ разнымъ предлогомъ чуть не ежедневно.

Обѣ дѣвочки воспитывались въ одной гимназіи, съ тою, конечно, разницею, что ежегодная плата туда за Катю для родителей послѣдней не составляла никакихъ разсчетовъ, тогда какъ мать бѣдной маленькой Любы принуждена была работать до переутомленія, нерѣдко лишать себя, лишней чашки чаю, лишняго куска говядины, чтобы имѣть возможность въ срокъ внести слѣдуемыя деньги и при этомъ еще предоставить старой больной бабушкѣ питательную пищу.

— Не раздражай бабушку, сходи къ Мякининымъ,— зачастую уговаривала она Любу/ когда дѣвочка отказывалась идти къ богатой родственницѣ.

Любѣ подобные визиты были крѣпко не по-сердцу, она чувствовала себя въ домѣ родителей Кати неловко, ей все казалось, что на нее смотрятъ какъ на какую-то приживалку, говорятъ изъ милости; она боялась даже вѣрить въ искренность самой Кати, несмотря на то, что послѣдняя каждый разъ встрѣчала ее съ радостью; но, не желая отказать матери, которую любила безгранично, дѣвочка старалась подавить въ себѣ чувство самолюбія и шла туда, куда ее посылали.

— Завтра, кажется, день рожденія Кати,— снова заговорила бабушка во время обѣда, когда вся семья оказалась въ сборѣ.

— Вѣра Михайловна — такъ звали мать Любы — утвердительно кивнула головой.

— Тебѣ надо будетъ ее пойти поздравить,— продолжала старуха, обратившись къ Любѣ.

— Да, бабушка, я пойду; она звала меня на шеколадъ, сейчасъ же послѣ уроковъ.

— И прекрасно, сходи, сходи непремѣнно, мнѣ даже кажется, что не мѣшаетъ снести конфектъ, или фруктовъ, какъ это обыкновенно принято.

Вѣра Михайловна ничего не отвѣтила; Люба опустила глаза въ тарелку, она знала, что въ данный моментъ денежныя дѣла ихъ находятся въ весьма печальномъ положеніи и что о покупкѣ фруктовъ или конфектъ нечего и думать.

— Что же вы обѣ молчите, не слышали развѣ что я говорю?— крикнула бабушка, закашлявшись отъ волненія.

— Успокойтесь, мамочка, не сердитесь, вамъ вредно,— ласково остановила-старуху Вѣра Михайловна:— все будетъ сдѣлано согласно вашему желанію, я сегодня же куплю конфектъ.

— Еще что выдумала? Сегодня! Да развѣ конфекты покупаютъ наканунѣ, надо въ тотъ же день, чтобы были свѣжія.

— Ну, хорошо, можно завтра.

— То-то можно... все только сердите меня, да раздражаете глупыми спорами,— Отозвалась старуха, не переставая ворчать до тѣхъ поръ, пока кухарка, наконецъ, подала ея любимое пирожное, котораго оказалось такъ мало, что Вѣрѣ Михайловнѣ и Любѣ пришлось отказаться.

— Точно для птички готовятъ! — съ ироніей замѣтила старая ворчунья.

— Ни мама, ни я сладкаго не любимъ,— поспѣшила возразить Люба, пристально взглянувъ на Вѣру Михайловну: — ей стало жаль свою милую, дорогую маму, которая такъ кротко, такъ безропотно переносила вѣчные капризы сердитой бабушки.

Старуха замолчала и сейчасъ же послѣ обѣда отправилась отдыхать.

Люба сѣла къ столу, чтобы заняться задачей, а Вѣра Михайловна принялась за шитье. Въ комнатѣ нѣсколько минутъ продолжалась полнѣйшая тишина, нарушаемая только мѣрнымъ постукиваніемъ маятника висѣвшихъ на стѣнѣ часовъ, да раздававшимся изъ-за перегородки храпомъ бабушки.

— Мамочка,— заговорила наконецъ Люба въ полголоса: — какъ же ты думаешь устроиться съ конфектами?

— Ахъ, другъ мой, право не знаю; придется просидѣть всю ночь надъ работою, и завтра чуть свѣтъ отнести въ магазинъ, авось хозяинъ заплатитъ.

— Можетъ быть, безъ конфектъ обойдемся... можетъ быть, бабушка забудетъ?

— Едва ли.

— Наконецъ, просто не покупать...

— Нельзя, Люба, если бабушка требуетъ; ты знаешь, что малѣйшее противорѣчіе вызываетъ у нея волненіе, а всякое волненіе ей грозитъ опасностью.

— Не могу ли я помочь тебѣ работать,— нерѣшительно предложила дѣвочка.

— Нѣтъ, дружечекъ, куда же? ты къ этому дѣлу не привыкла, а я ничего, справлюсь... не въ первый разъ!

— И не въ послѣдній,— съ грустью подумала Люба, снова взявшись за тетрадку, чтобы продолжать свою задачу, которая на этотъ разъ подвигалась особенно туго, въ виду того, что мысли дѣвочки были отвлечены посторонними думами.— Къ вечеру задача, однако, оказалась сдѣланною; Люба легла спать въ назначенное время, но, противъ обыкновенія, долго ворочалась на своемъ жесткомъ тюфякѣ, не отрывая глазъ отъ матери, которая, повидимому, рѣшила до тѣхъ поръ не вставать съ мѣста, пока работа ея не будетъ совершенно окончена.

До какихъ поръ просидѣла бѣдная женщина, Люба рѣшить не могла, такъ какъ физическая усталость въ концѣ-концовъ взяла верхъ надъ нравственнымъ состояніемъ духа: хорошенькіе глазки закрылись, и она совершенно незамѣтно для самой себя уснула тѣмъ крѣпкимъ, беззаботнымъ сномъ, какимъ обыкновенно спятъ дѣти.

Слѣдующій затѣмъ день, какъ уже сказано выше, приходился днемъ рожденья Кати Мякининой, которая, по этому случаю, даже не пошла въ гимназію.

Проснувшись утромъ, она обыкновенно съ нетерпѣніемъ

ожидала прихода горничной, чтобы скорѣе встать съ постели, одѣться и выйти въ столовую, куда въ это время собралась вся семья для утренняго чая.

Едва успѣла она перешагнуть порогъ, какъ на нее со всѣхъ сторонъ посыпались поздравленія и конфекты, присланныя въ изобиліи это всѣхъ знакомыхъ и родныхъ; папа подарилъ превосходную рабочую коробочку, сдѣланную изъ перламутра, чего, чего только не было въ этой коробочкѣ: иголки, нитки, ножницы, наперстокъ, однимъ словомъ, всевозможныя приспособленія для женскаго рукодѣлія, и все это самое дорогое, самое изящное... Маленькій братишка, Коля, какъ-то плутовски оглядываясь на всѣ стороны, охватилъ ее за шею своими пухлыми ручейками и, прошептавъ "поздравляю", подалъ дорогой футляръ съ туалетными принадлежностями.

— Я самъ ходилъ его выбирать вмѣстѣ съ мамой,— сказалъ мальчикъ:— и мнѣ очень хотѣлось раскрыть всѣ лежащіе здѣсь флаконы, баночки, коробочки, чтобы разсмотрѣть, что находится въ серединѣ, но мама не позволила.

Катя улыбнулась и, нѣжно поцѣловавъ мальчугана, принялась-было разглядывать поданный футляръ, но въ эту минуту дверь, ведущая въ сосѣднюю комнату, растворилась, и на порогѣ показалась мама, держа въ рукахъ большую длинную картонку.

— А это отъ меня. Катюша,— сказала она, поцѣловавъ дѣвочку:— не знаю понравится ли?

Катя развязала снурокъ, которымъ была перевязана картонка, подняла крышку и что же увидѣла? Въ картонкѣ лежала та самая кукла, которою она такъ восхищалась вчера, возвращаясь изъ гимназіи вмѣстѣ съ Любой.

— Мамочка, милая, дорогая,—вскричала она, радостно

захлопавъ въ ладоши:— да ты-положительно умѣешь отгадывать- чужія мысли; ты просто волшебница, въ родѣ той добродѣтельной феи, про которую я такъ любила слушать сказку, когда была маленькой.

На послѣднихъ словахъ Катя сдѣлала удареніе, она очень гордилась тѣмъ, что ей съ сегодняшняго дня минуло одиннадцать лѣтъ; отецъ обѣщалъ называть ее не маленькой дѣвочкой, а подросточкомъ.

— Развѣ тебѣ раньше хотѣлось имѣть эту куклу?— спросила между тѣмъ мама.

— Да, я цѣлую ночь объ ней думала, повторяя мысленно, что считала бы себя совершенно счастливою, если бы она была моею.

— Ты знаешь, что у нея на спинѣ есть заводная пружина, посредствомъ которой она ходитъ по комнатѣ, какъ настоящій ребенокъ, и явственно выговариваетъ: "папа" "мама".

— Неужели?

Мама вмѣсто отвѣта завела пружину, и, поставивъ куклу на полъ, осторожно подтолкнула рукою, послѣ чего кукла засеменила ножками, и оборачивая свою кудрявую головку то направо, то налѣво, съ привѣтливой улыбкой, громко повторяла "папа",,мама".

Катя пришла въ неописанный восторгъ и закричала на всю комнату, когда Коля вдругъ бросился догонять куклу, съ цѣлью осмотрѣть устройство заводной пружины?

— Этого нельзя, другъ мой,— остановилъ папа.

Мальчикъ отступилъ назадъ; онъ не смѣлъ ослушаться отца, но на лицѣ его выразилась сильная досада и неудовольствіе, такъ какъ онъ всегда отличался особенною страстью внимательно разглядывать и изслѣдовать каждый предметъ, внушавшій ему интересъ и любопытство.

Когда кукла остановилась, Катя взяла ее на колѣни, и отъ страха, чтобы Коля не вздумалъ приступить къ осмотру, уже не разставалась съ нею вплоть до той минуты, когда въ комнату вошла Люба.

— Что я вижу!— воскликнула послѣдняя, остановившись на порогѣ:— у тебя та самая кукла, которою ты вчера такъ долго любовалась!

— Представь, мама угадала мое желаніе и подарила мнѣ ее сегодня. Такихъ куколъ на свѣтѣ очень мало, да ты еще не знаешь всего!— добавила Катя и принялась заводить пружину.

— А это вотъ возьми отъ меня, — нерѣшительно проговорила между тѣмъ Люба, подавая коробку шеколадныхъ конфектъ, купленныхъ въ одной изъ лучшихъ петербургскихъ кондитерскихъ.

— Спасибо, дорогая, благодарю за вниманіе, положи на столъ,— отозвалась Катя, даже не взглянувъ на конфекты и продолжая попрежнему увлекаться куклою.

Люба молча положила коробку на указанное мѣсто, гдѣ находилось множество тому подобныхъ коробокъ, и невольно смутилась, вспомнивъ, какою дорогою цѣною достались ея бѣдной мамѣ конфекты, она чуть не расплакалась отъ досады, что Катя отнеслась къ нимъ съ такимъ равнодушіемъ, и въ свою очередь смотрѣла на движущуюся и говорящую куклу точно такъ же равнодушно. Катѣ это не понравилось; она надѣялась, что Люба будетъ поражена, что она придетъ въ восхищеніе,

94

расцѣлуетъ ея очаровательную Матильду — какъ она успѣла уже назвать куклу — и вдругъ такое равнодушіе!..

— Пожалуйте кушать, шеколадъ поданъ, — раздался въ этотъ моментъ голосъ горничной.

— Пойдемъ, — сухо предложила Катя, посадивъ Матильду въ кресло, и молча направилась въ столовую.

— Видѣли вы новую Катюшину куклу? — обратился Коля къ подругѣ сестры, когда обѣ дѣвочки сѣли за столъ.

— Видѣла.

— Нравится она вамъ?

— Еще бы.

— Кажется не особенно, — не утерпѣла Катя.

— Что ты, Катюша, развѣ такая кукла можетъ не нравиться? — отозвалась Люба, догадавшись, что подруга недовольна тѣмъ, что она мало обращала на нее вниманія.

Подали шеколадъ съ прибавленіемъ вкуснаго торта; дѣти пили и кушали съ большимъ аппетитомъ, но въ общемъ, завтракъ все-таки прошелъ безъ особеннаго оживленія, такъ какъ всѣмъ вдругъ почему-то сдѣлалось неловко. Коля первый вышелъ изъ-за стола; онъ торопился ѣхать кататься со своимъ гувернеромъ, и потому мама ему это разрѣшила.

Проходя мимо комнаты, гдѣ сидѣла Кукла, мальчугану вновь пришла фантазія ознакомиться ближе съ устройствомъ оригинальной игрушки, и онъ, воспользовавшись тѣмъ, что тутъ никого не было, рѣшилъ привести въ исполненіе задуманный планъ сію же минуту.

— Покажите-ка, сударыня, что у васъ тамъ за пуговка такая

на спинѣ, — шутя обратился онъ къ куклѣ, и безцеремонно схватилъ ее за волосы; а вотъ... нашелъ, нашелъ; и съ этими словами принялся вертѣть пуговку во всѣ стороны до тѣхъ поръ, пока въ концѣ-концовъ почувствовалъ, что у него подъ пальцами что-то хрустнуло.

— Теперь, должно быть, готово, маршъ! — продолжалъ мальчуганъ начальническимъ тономъ, и, поставивъ куклу на ноги, толкнулъ осторожно впередъ, какъ дѣлала мама; но кукла, вмѣсто того, чтобы побѣжать, къ крайнему его изумленію, сейчасъ же упала, причемъ, ударившись объ полъ, исцарапала себѣ объ щеки.

— Вотъ тебѣ разъ! — воскликнулъ Поля: — что теперь дѣлать?

И, послѣ минутнаго раздумья, рѣшилъ не сознаваться въ своемъ поступкѣ до возвращенія съ катанья, боясь, что иначе его, пожалуй, не пустятъ, а ему такъ хотѣлось прокатиться верхомъ на маленькой пони, онъ такъ давно ждалъ этого удовольствія.

— Скорѣе въ конюшню! — пробормоталъ маленькій шалунъ, — и со всѣхъ ногъ бросился къ конюху, чтобы поторопить его сѣдлать лошадей.

Дѣвочки, между тѣмъ, тоже окончили шеколадъ, и только что намѣревались выйти изъ за-стола, какъ въ прихожей раздался звонокъ.

— Должно быть, Холмскіе, — замѣтила Катя: — Юлинька обѣщала заѣхать поздравить меня.

— Если это Юлинька, то я ни за что не выйду, — прошептала Люба: — ты знаешь какъ она всегда подтруниваетъ надъ моимъ туалетомъ, увѣряя, что всѣ мои платья сшиты изъ рогожи и сидятъ на мнѣ, точно сѣдло на- коровѣ.

Какъ хочешь,— отозвалась Катя.

— Но куда мнѣ спрятаться, чтобы она меня не видѣла?

— Ступай въ дѣтскую...

— Тамъ кукла...

— Такъ развѣ она мѣшаетъ тебѣ,— съ неудовольствіемъ замѣтила Катя:— и въ черныхъ блестящихъ глазахъ ея сверкнулъ недобрый огонекъ.

— Нѣтъ, Катя, не то.

— А что же?

— Ты вѣрно придешь туда вмѣстѣ съ нею, чтобы показать ее.

— Зачѣмъ, я оставлю Юлиньку здѣсь, а за куклой схожу одна.

— Въ такомъ случаѣ я уйду сейчасъ же.

Съ этими словами Люба поспѣшно выбѣжала изъ столовой и тихонько, на цыпочкахъ пробралась въ будуаръ.

— Господи! что за чудеса, кукла вся исцарапана!— воскликнула она почти съ отчаяніемъ, предвидя ранѣе какъ будетъ огорчена Катя, когда узнаетъ обо всемъ случившемся.

— Люба, воротись — раздался между тѣмъ изъ столовой голосъ Кати:— напрасная тревога, это вовсе не Холмскіе, а письмо отъ дяди Степы, который приглашаетъ насъ сегодня въ балетъ... мы поѣдемъ всѣ, и ты вмѣстѣ съ нами. Люба не двигалась съ мѣста.

— Да или же скорѣе, что ты тамъ дѣлаешь!— снова крикнула Натя:-и въ виду того, что отвѣта не послѣдовало, сама прибѣжала въ будуаръ.

— Ты разбила мою новую куклу,— проговорила она, внезапно остановившись на порогѣ:— гадкая, противная, негодная дѣвчонка, я никогда не прощу тебѣ этого, ты навѣрное разбила ее съ умысломъ. Я замѣтила еще передъ завтракомъ, съ какою ненавистью ты на нее смотрѣла. Сію же минуту убирайся вонъ, и чтобы съ сегодняшняго дня твоя нога не была у насъ въ домѣ!..

Люба стояла словно громомъ пораженная: цѣлый градъ оскорбительныхъ словъ посыпался на нее такъ нежданно, и до того поразилъ бѣдняжку, что она даже не нашлась ничего сказать въ свое оправданіе.

— Вонъ! вонъ!— кричала между тѣмъ Катя:— и не долго думая, силою вытолкала въ прихожую совершенно растерявшуюся подругу.

Въ квартирѣ Вѣры Михайловны происходилъ страшный переполохъ; старуха бабушка, увидѣвъ такъ скоро возвратившуюся домой Любу, и еще вдобавокъ всю въ слезахъ, потребовала полнаго отчета въ томъ, что случилось.

— Дѣвочка сначала не хотѣла говорить, предчувствуя, что ее ожидаетъ бурная сцена, но затѣмъ, вслѣдствіе настоятельнаго приказанія бабушки, въ концѣконцовъ принуждена была согласиться.

— Этого только не доставало!— вскричала послѣдняя, съ досадою стукнувъ костылемъ.— Какъ тебѣ не совѣстно было изломать чудную куклу, я вполнѣ согласна съ Катей, что ты продѣлала подобную штуку нарочно... изъ зависти...

— Бабушка!— взмолилась Люба.

— Что бабушка!— ничего бабушка...

— Бабушка, успокойтесь!

98

— О бабушкиномъ спокойствіи ты думаешь меньше, чѣмъ о спокойствіи послѣдней собаченки. Я давно замѣтила, что тебя приходится чуть не въ шею гнать къ Мякининымъ, несмотря на то, что я дорожу ихъ знакомствомъ; ты нарочно придумала подобную сцену, чтобы разъ навсегда отъ нихъ отдѣлаться... О, я тебѣ этого никогда не прощу!..

— Бабушка, дорогая, успокойтесь же,— снова заговорила дѣвочка: — ничего подобнаго нѣтъ и быть не можетъ, выпейте капель.

— Я тебѣ задамъ капли!— прервала старуха — и, замахнувшись костылемъ, съ такою силою ударила Любу, что та мгновенно потеряла сознаніе и какъ снопъ повалилась на полъ.

— Что такое, что случилось!— съ ужасомъ воскликнула Вѣра Михайловна, какъ разъ въ этотъ моментъ вернувшаяся домой, послѣ утомительной ходьбы на Васильевскій островъ, куда принуждена была отправиться за матеріями для вновь заказанной работы.

Ни бабушка, ни внучка не въ силахъ были отвѣтить на вопросъ пораженной женщины; первая, откинувъ голову на спинку кресла, разразилась истерическими рыданіями, а вторая продолжала лежать неподвижно и казалась до того блѣдною, что скорѣе походила на мертвеца, чѣмъ на живого человѣка.

— Доктора скорѣе!— вскричала Вѣра Михайловна:— и отправивъ кухарку по адресу того доктора, который постоянно лечилъ старушку, принялась поочередно ухаживать то за матерью, то за дочерью.

Люба однако очнулась очень скоро, и на разспросы Вѣры Михайловны, что такое произошло, вкратцѣ разсказала все, что уже извѣстно читателю, умолчавъ однако изъ самолюбія про нанесенное ей бабушкой оскорбленіе.

— Я не хотѣла говорить бабушкѣ, но она непремѣнно требовала, а потомъ разсердилась, — сказала дѣвочка въ заключеніе и расплакалась.

— Не огорчайся, моя голубка, прости, если бабушка въ минуту досады сказала что-нибудь лишнее, ты знаешь вѣдь она женщина больная и въ высшей степени раздражительна.

— Докторъ сію минуту придетъ, — прервала Вѣру Михайловну вбѣжавшая въ эту минуту кухарка.

— А я, мамочка, покамѣсть выйду на лѣстницу освѣжиться, — сказала Люба: — голова болитъ и въ глазахъ какъ-то темно.

Съ этими словами дѣвочка выбѣжала на площадку, прислонилась разгоряченнымъ лбомъ къ оконной рамѣ и сразу почувствовала, что мысли ея начинаютъ путаться и что она плохо соображаетъ, а затѣмъ совершенно машинально, словно покоряясь какой-то невидимой силѣ, начала спускаться внизъ; вышла на дворъ, направилась къ воротамъ, но тутъ вдругъ пошатнулась и, вторично лишившись чувствъ, моментально свалилась.

— Боже мой, вѣдь это Люба! — испуганно вскричалъ Коля Мякининъ, какъ разъ возвращавшійся съ катанья въ сопровожденіи гувернера: — что такое съ нею, какимъ образомъ она могла очутиться здѣсь, когда Катя рѣшила вмѣстѣ ѣхать въ театръ и не отпускать ее отъ насъ до вечера?

— Барышня ихъ прогнала, — отрапортовалъ конюхъ, который вышелъ на встрѣчу, чтобы взять лошадей.

— Какъ прогнала?

— Такъ прогнала.— продолжалъ конюхъ.

— За что?

— Кажись за то, что она изломала новую куклу. Я сейчасъ былъ на кухнѣ и слышалъ разговоръ кухарки и горничной.

Слова конюха точно ножомъ кольнули сердце маленькаго Коли; онъ въ первую минуту до того растерялся, что какъ бы застылъ на мѣстѣ, затѣмъ, услыхавъ повелительный голосъ гувернера слѣзть съ сѣдла, встрепенулся, быстро соскочилъ на землю и, едва одерживая слезы, какъ безумный бросился къ тому мѣсту, гдѣ лежала Люба.

— Семенъ, подними ее и отнеси скорѣе къ намъ,— обратился онъ къ лакею, который, увидѣвъ изъ окна кухни всю вышеописанную картину, тоже поспѣшилъ явиться на помощь.

— Вы слышали, что эта дѣвочка только-что поссорилась съ вашей сестрой?— прошепталъ гувернеръ.

— Тутъ вышло недоразумѣніе; Катя разсердилась напрасно, я одинъ виноватъ во всемъ,— отозвался Коля такимъ рѣшительнымъ тономъ, что гувернеръ даже не рискнулъ вступать въ переговоры и, съ недоумѣніемъ взглянувъ на своего воспитанника, молча послѣдовалъ за нимъ въ комнаты, куда мальчуганъ вбѣжалъ съ раскраснѣвшимися щеками и захлебываясь отъ слезъ и волненія, чистосердечно сознался во всемъ, прося мать, какъ можно скорѣе оказать помощь ни въ чемъ неповинной Любѣ.

Катя находилась тутъ же; она больше не сердилась на подругу, ей стало жаль бѣдную маленькую Любу, которая открыла глаза и смотрѣла кругомъ какими-то странными, оловянными глазами, но въ глубинѣ души она все-таки попрежнему оставалась въ убѣжденіи, что кукла сломана ею и что Коля изъ чувства состраданія и жалости рѣшилъ взять вину на себя.

Любу, между тѣмъ, положили на диванъ. У Мякининыхъ какъ разъ въ это время случился знакомый докторъ, который немедленно приступилъ къ осмотру, и всѣ присутствующіе съ безпокойствомъ слѣдили за каждымъ его движеніемъ, стараясь прочесть по выраженію лица, въ какомъ, состояніи находится дѣвочка.

Больше всѣхъ волновалась Катя; она не могла оторвать глазъ отъ доктора и дрожала точно въ лихорадкѣ.

— Серьезнаго ничего нѣтъ, просто нервный припадокъ, вызванный какимъ-нибудь душевнымъ волненіемъ, — сказалъ, наконецъ, докторъ.

— Она поправится? да? она не умретъ? — допытывалась Катя.

— Конечно.

— Ахъ, зачѣмъ я вздумалъ разглядывать устройство механизма этой противной куклы! — продолжалъ мальчикъ: — не приди мнѣ въ голову подобная мысль, ничего бы не случилось!

— А я вѣдь думала, что ты хотѣлъ просто взять на себя вину, — проговорила Катя.

— Нѣтъ же, нѣтъ; даю тебѣ честное слово, да вотъ и доказательство, — добавилъ мальчикъ, вытаскивая изъ кармана клочекъ волосъ, оторванный отъ парика Матильды и прицѣпившійся къ его костюму; — сначала я хотѣлъ-было бросить эту гадость, но потомъ раздумалъ, что, при починкѣ испорченной куклы, это можетъ пригодиться.

Катя молча взяла истрепанный локонъ Матильды и,

подойдя къ дивану, на которомъ лежала Люба, со слезами на глазахъ стала просить прощенія.

Люба сначала какъ бы не узнавала ее, но затѣмъ, очевидно, придя въ себя, протянула руку и проговорила слабымъ, едва слышнымъ голосомъ.

— Я не виновата... скажите бабушкѣ, она очень больна. Затѣмъ опять закрыла глаза, откинулась на подушку и начала бредить.

Отецъ Кати распорядился послать въ аптеку за лѣкарствомъ, послѣ чего самъ отправился на квартиру Вѣры Михайловны, чтобы предупредить ее, что Люба находится у нихъ и постараться, по мѣрѣ возможности, ободрить и успокоить, но едва успѣлъ выйти на лѣстницу, какъ на встрѣчу ему показалась сама Вѣра Михайловна, блѣдная, взволнованная, съ заплаканными глазами.

— Гдѣ моя дочь? что съ нею? скажите Бога ради!— обратилась она къ Мякинину.

— Успокойтесь, сударыня, ваша дочь у меня; она больна, но опаснаго ничего нѣтъ, докторъ говоритъ, что это простой обморокъ; всѣ мѣры приняты, она, вѣроятно, скоро поправится, я шелъ къ вамъ, чтобы сообщить объ этомъ; пожалуйте теперь вмѣстѣ со мною, вы увидите ее собственными глазами.

— Она у васъ? но какъ же, вѣдь ваша дочь, кажется, поссорилась съ нею? кажется она ее...

Марія Михайловна запнулась... ей тяжело было произнести слово выгнала.

— Вы хотите сказать выгнала,— раздался вдругъ дрожащій голосъ Кати, услышавшей разговоръ отца съ Маріей

Михайловной:— простите меня, ради Бога, я, конечно, виновата... кругомъ, но увидѣвъ, что моя дорогая Матильда испорчена и разбита, я пришла въ такое состояніе, что положительно не сознавала, что говорю и что дѣлаю. Простите, ради Бога! всѣми святыми прошу васъ... простите,— продолжала дѣвочка, обливаясь слезами:— Люба во всей этой исторіи нисколько не виновата.

— И это знаю, — отозвалась Марія Михайловна: — Люба подробно разсказала мнѣ обо всемъ, а, она никогда не лжетъ; но гдѣ теперь она, что съ нею?

Катя вмѣсто отвѣта повела бѣдную женщину въ комнату, гдѣ, лежала Люба.

— Милая, дорогая, хорошая моя, — воскликнула Марія Михайловна, бросившись къ дочери, которая, очнувшись наконецъ отъ обморока, протянула къ ней обѣ руки.

— Мнѣ легче, мама, я здорова... Совсѣмъ здорова,— сказала бѣдная дѣвочка, стараясь приподняться съ дивана и встать на ноги, проводи меня скорѣе домой, я не хочу, я не могу оставаться здѣсь,— прошептала она, нагнувшись къ самому уху матери и искоса взглянувъ на Катю, которая бросилась цѣловать ее и, обливаясь горючими слезами, стала просить прощенія.

— Я знаю, что ты ни въ чемъ невиновата,— повторяла она, крѣпко сжимая въ своей рукѣ похолодѣвшую ручку маленькой подруги:— это все надѣлалъ Коля, онъ чистосердечно сознался... прости, ради Бога, не сердись, забудь мою грубую выходку.

Люба ласково улыбнулась.

— Какъ я рада, что ты не считаешь меня такою дрянною дѣвчонкою, какою я тебѣ -казалась, — сказала она:— но гдѣ же Коля, мнѣ бы хотѣлось слышать отъ него самого подтвержденіе твоихъ словъ, иначе я все-таки не могу окончательно успокоиться.

— Коля!— громко крикнула тогда Катя, оглядываясь на всѣ стороны, но Коли нигдѣ не было видно.

Онъ отправился въ квартиру Марьи Михайловны, чтобы поспѣшить признаться въ своемъ поступкѣ бабушкѣ; зная, что старуха отличается дурнымъ характеромъ, мальчикъ хотѣлъ оправдать въ ея глазахъ Любу и избавить отъ выговора.

Неожиданное посѣщеніе маленькаго Мякинина благотворно подѣйствовало на сварливую старуху, которую онъ засталъ обложенною компрессами и обставленную каплями. Узнавъ отъ мальчика, что бѣдная Люба была поднята на улицѣ въ безсознательномъ состояніи, бабушка почувствовала въ глубинѣ души нѣчто похожее на раскаяніе; она сразу догадалась о причинѣ обморока своей маленькой внучки, и съ этого достопамятнаго дня дѣлала надъ собою всевозможное усиліе, чтобы сдерживать свою раздражительность.

Жизнь потянулась обычнымъ порядкомъ, все вошло въ прежнюю колею, только бѣдная Матильда, искалѣченная шалунишкой Колей, уже больше не могла ходить но комнатѣ, такъ какъ пружина оказалась настолько испорченною, что починить ее не было возможности. Папа и мама она говорила, но говорила тихо, невнятно, точно съ трудомъ, точно черезъ силу... Катя очень жалѣла свою больную дочурку,— какъ она всегда называла Матильду,— никому, не показывала, больше держала въ кровати, сдѣланной изъ плетеной корзинки и украшенной розовымъ шелковымъ пологомъ, катала ее въ колясочкѣ, обложенной подушками, или держала на колѣняхъ прижимая къ груди и покрывая горячими поцѣлуями.

105

Копилка

Купивъ недавно усадьбу въ одной изъ южныхъ губерній Россіи, родители Пети, Сережи и Леночки объявили дѣткамъ, что какъ только кончатся экзамены, такъ они сейчасъ же туда поѣдутъ.

Дѣтки чрезвычайно обрадовались этому извѣстію; имъ хотѣлось провести хоть одно лѣто въ деревнѣ на просторѣ, провести такъ, какъ до сихъ поръ еще не приходилось живши на петербургскихъ дачахъ, гдѣ. съ утра надо было быть на вытяжкѣ, отправляясь на прогулку Держать себя чинно, серьезно, какъ держатся только взрослые.

Въ особенности радовался Петя; онъ давно жаждалъ ближе познакомиться съ образомъ жизни и нравами простыхъ деревенскихъ мальчиковъ, о которыхъ зналъ только по наслышкѣ, и по пріѣздѣ въ деревню первымъ дѣломъ привелъ это въ исполненіе, т.-е. разговорился съ маленькимъ пастушкомъ Мишуткой, ежедневно выводившимъ свою черную корову на пастбище и занимавшимся при этомъ собственноручною выдѣлкою различныхъ лубочныхъ коробочекъ и игрушекъ, которыя при случаѣ сбывалъ за мѣдные гроши въ сосѣднемъ городѣ, куда мать два раза въ недѣлю посылала его продавать молоко, творогъ и сливки.

— Что ты дѣлаешь?— спросилъ его однажды Петя.

— Копилку мастерю,— отвѣчалъ мальчуганъ, искоса поглядывая на барченка.

— Копилку?

— Да.

— Вотъ какъ! Видно у тебя много денегъ.

Мальчикъ улыбнулся.

— Много? Да?— продолжалъ Петя.

— Эту копилку я не для себя мастерю.

— А для кого же?

— На продажу; а затѣмъ какъ-нибудь и для себя тоже сдѣлаю, такъ какъ мнѣ очень хочется накопить денегъ, чтобы купить челночекъ и кататься по озеру; кузнецъ Василій, тотъ самый, который живетъ на краю деревни, обѣщалъ уступить по дешевой цѣнѣ... но во всякомъ случаѣ, это будетъ еще не скоро...

— Превосходно; а пока до свиданья, мнѣ домой пора, скоро завтракъ, мама требуетъ, чтобы мы являлись аккуратно и всегда бываетъ недовольна, если кто замѣшкается.

— До свиданья.

Петя вернулся, домой съ сіяющимъ личикомъ, и, захлебываясь отъ волненія, принялся подробно разсказывать Сережѣ и Леночкѣ свое знакомство съ маленькимъ пастушкомъ, ихъ разговоръ и рѣшеніе на будущей недѣлѣ приступить къ сбору денегъ для пріобрѣтенія копилки.

— Досадно только, что копить придется долго,— замѣтилъ Сережа, хорошенькіе глазки котораго даже разгорѣлись отъ одной мысли о томъ блаженствѣ, которое: ожидаетъ ихъ въ будущемъ.

— Что дѣлать! надо быть терпѣливымъ,— отозвалась Леночка:— нельзя имѣть все въ одну минуту.

— Конечно,— согласился Сережа:— но насчетъ козлика мы во всякомъ случаѣ поговоримъ съ этимъ, какъ его?..

— Съ дядей Ефимомъ, — поспѣшилъ добавить Петя: — да, да, непремѣнно; сегодня же передъ обѣдомъ я забѣгу къ Мишуткѣ и попрошу, чтобы онъ на дняхъ проводилъ насъ всѣхъ къ нему.

— И тоже думаю заказать себѣ копилку, — сказала Леночка послѣ минутнаго молчанія: — мнѣ очень нравится мысль маленькаго пастушка, откладывая каждый день понемногу, можно въ концѣ-концовъ скопить порядочно.

— Еще бы, а что ты купишь на скопленныя деньги?

— Мнѣ давно хотѣлось пріобрѣсти нѣсколько штукъ куръ, чтобы имѣть свои яйца, наблюдать какъ курочки выводятъ цыплятъ... такихъ хорошенькихъ, крошечныхъ, желтенькихъ, точно канареечекъ.

— Мысль недурная.

И дѣтки опять принялись строить различные планы.

Мишута, съ своей стороны, тоже не оставался въ бездѣйствіи; работая руками, онъ еще больше работалъ головою, стараясь высчитывать, сколько времени придется ему ждать желаннаго челнока, если онъ въ недѣлю станетъ аккуратно откладывать, по крайней мѣрѣ, по гривеннику, и при каждой Встрѣчѣ съ барченками, обыкновенно, подзывалъ Петю и Сережу, чтобы разсуждать объ этомъ съ новой энергіей, съ новымъ энтузіазмомъ.

Въ назначенный день, когда копилка: должна была быть готова, дѣти отправились за нею всѣ-трое; подойдя къ Мишуткѣ, они застали его на; излюбленномъ мѣстѣ подъ деревомъ, возвышавшимся на небольшомъ пригоркѣ; мальчуганъ сидѣлъ на травѣ и, держа въ рукахъ только что оконченную работу, очевидно, ждалъ своихъ заказчиковъ.

— Готово?— крикнулъ Петя.

— Давно,— отозвался Мишутка, съ гордостью подавая довольно искусно склеенный изъ досокъ домикъ, съ прорѣзомъ наверху, куда опускались деньги.

Чѣмъ дольше разсматривали дѣти заказанную копилку, тѣмъ больше она имъ нравилась и тѣмъ сильнѣе разгоралось въ нихъ желаніе поскорѣе ее наполнить, въ особенности, когда нѣсколько дней спустя, Мишутка привелъ ихъ къ дядѣ Ефиму и показалъ пасущуюся въ его огородѣ козу, съ двумя маленькими козлятками.

— Любого можете купить,— сказалъ онъ торжественно:— я уже говорилъ дядѣ, онъ обѣщалъ никому не продавать ихъ до будущаго года, а уступить вамъ, да еще вдобавокъ по самой сходной цѣнѣ, а вотъ и курочки-мохнатки,— добавилъ мальчуганъ, обратившись къ Леночкѣ и указывая пальцемъ на двухъ высокихъ куръ съ мохнатыми ногами, которыя, забравшись на сорную кучу, сначала не обращали вниманія на подошедшихъ дѣтей и усердно разрывали ее, вѣроятно, отыскивая тамъ какое-нибудь лакомство, а затѣмъ, вдругъ повернулись и закудахтали.

— Онѣ привѣтствуютъ будущую свою хозяйку,— пошутилъ Сережа: — что же ты молчишь, Леночка, поклонись имъ.

Леночка улыбнулась.

Знакомство съ маленькими козлятками и курами доставило дѣтямъ новое удовольствіе, и, такъ сказать новую тему для разговора почти на цѣлый день; они уже смотрѣли на нихъ какъ на свою собственность и, возвратившись домой, даже хотѣли сейчасъ же приступить къ постройкѣ, помѣщенія, но затѣмъ, разсудивъ, что впереди еще цѣлый годъ, отложили задуманное предпріятіе и продолжали попрежнему увлекаться то разговорами, то различными играми. Время шло обычнымъ чередомъ, но дѣтямъ казалось, что оно летитъ положительно на крыльяхъ, и они, какъ говорится, просто не успѣли глазомъ моргнуть, какъ наступила пора собираться въ городъ.

Петѣ и Сережѣ очень жаль было разстаться съ Мишуткой, а Леночка даже всплакнула, прощаясь съ нѣкоторыми деревенскими дѣвочками, которыя часто сопровождали ее во время экскурсій за грибами и ягодами, и между - которыми она въ особенности полюбила одну, дочь мѣстнаго столяра, Ирину, отличавшуюся чрезвычайною симпатичностью и невольно вызывавшую къ себѣ состраданіе, вслѣдствіе того, что бѣдняжкѣ приходилось съ утра до вечера исполнять различныя домашнія работы, которыя на нее взваливала мать, отъ природы слабая, болѣзненная, принужденная возиться съ тремя крошечными мальчуганами, и подчасъ, неимѣвшая ни минуты покоя.

По пріѣздѣ въ Петербургъ наши маленькіе герои вновь зажили прежнею жизнью, совершенно непохожею на ту, которою они жили въ деревнѣ; но это не мѣшало имъ очень часто вспоминать о своихъ деревенскихъ товарищахъ и обо всѣхъ, соединенныхъ съ воспоминаніемъ о нихъ, интересахъ: пріобрѣтеніе козлика попрежнему составляло главный вопросъ, благодаря которому оба мальчугана, раньше почти никогда не отличавшіеся прилежаніемъ, теперь вдругъ стали получать такія чудныя отмѣтки, что въ школѣ только удивлялись.

Николай Николаевичъ — такъ звали отца мальчиковъ — зналъ настоящую причину неожиданнаго успѣха сыновей; въ глубинѣ души ему было тяжело знать и видѣть, что они трудятся только ради извѣстной задуманной цѣли, а не.- ради стремленія учиться, какъ должны это дѣлать всѣ хорошія, добрыя дѣти, но тѣмъ не менѣе, не желая отступать отъ разъ даннаго обѣщанія, награждалъ ихъ за успѣхи щедрою рукою, благодаря чему, сколоченная изъ досокъ Мишуткина копилка, по прошествіи самаго непродолжительнаго времени, оказалась наполненною почти до верху.

Съ копилкою Леночки было тоже самое; но Леночка всегда отлично училась, а потому подобное явленіе не составляло рѣдкости; папа и мама знали, что ихъ милая дочурка съ нетерпѣніемъ ждетъ того радостнаго момента, когда у нея будутъ собственныя курочки-мохнатки, но знали они и то, что Леночка, во всякомъ случаѣ, никогда бы не училась хуже того, чѣмъ учится теперь, потому что для нея главная цѣль состояла въ томъ, чтобы порадовать ихъ своимъ успѣхомъ.

Но вотъ длинная скучная зима наконецъ миновала; наступили ясные, весенніе дни, солнышко засвѣтило какъ-то особенно весело, домашніе начали поговаривать о переселеніи въ деревню; одновременно съ этимъ, наступило тревожное время экзаменовъ, которые, какъ и надо было ожидать, у обоихъ нашихъ мальчугановъ сошли блистательно; послѣ каждаго экзамена папа и мама благодарили ихъ, цѣловали, а затѣмъ, въ заключеніемъ копилку звонко опускалась монета за монетою; все шло, кажется, превосходно, но странное дѣло... какъ Петя, такъ равно и Сереяіи. почему-то чувствовали и сознавали, что радость ихъ словно неполная, что имъ чего-то какъ будто не хватаетъ, что папа и мама какъ будто цѣлуютъ Леночку совсѣмъ не такъ, какъ ихъ, и что Леночка гораздо счастливѣе... Подобныя мысли отчасти омрачали имъ жизнь, но они старались употреблять всѣ усилія, чтобы отъ нихъ отдѣлаться, и чѣмъ ближе подходило время къ отъѣзду въ деревню, тѣмъ становились оживленнѣе.

За два дня до предполагаемой поѣздки, мальчики торжественно раскрыли копилку, высыпали на столъ заключавшіяся тамъ деньги, и когда свели счеты, то положительно пришли въ восторгъ; за вычетомъ суммы, предназначенной на покупку козлика, оставалось еще достаточно, чтобы подкрасить и возобновить колеса у той телѣжки, которая имѣлась у нихъ уже давно и въ которой они теперь разсчитывали кататься по всѣмъ аллеямъ ихъ тѣнистаго парка.

Очутившись вновь въ деревнѣ, дѣтки считали себя вполнѣ счастливыми и, едва выпрыгнувъ изъ экипажа, встрѣтившаго ихъ на одной изъ ближайшихъ желѣзнодорожныхъ станцій, хотѣли сію же минуту бѣжать къ Мишуткѣ, чтобы просить проводить себя къ. дядѣ Ефиму, у котораго находился козликъ, но мама не позволила этого сдѣлать, въ виду того, что было уже поздно; волей-неволей пришлось повиноваться.

Вслѣдствіе утомленія, вызваннаго во-первыхъ сборомъ, а во-вторыхъ, переѣздомъ въ душномъ вагонѣ, дѣтки заснули очень скоро, спали превосходно, но, на слѣдующій день, тѣмъ не менѣе, проснулись чуть ни съ первыми лучами восходящаго солнца, и, конечно, сейчасъ же встали бы съ кроватокъ, еслибы не побоялись обезпокоить старшихъ и прислугу, тоже вѣроятно чувствовавшую себя слишкомъ утомленною послѣ переѣзда и, на этотъ разъ, заспавшуюся долѣе обыкновеннаго; но вотъ, наконецъ, пробило семь часовъ — въ домѣ началось обычное движеніе: кухарка Марья встала первая, вслѣдъ за тѣмъ въ кухнѣ, смежной съ той комнатой, гдѣ спали мальчики, зашумѣлъ самоваръ, сквозь открытую форточку пахнуло запахомъ кофе, забренчали чашки, ложки, послышались сдержанные голоса. Петя и Сережа принялись ворочаться съ боку на бокъ и осторожно покашливать, стараясь этимъ дать замѣтить нянѣ, что они проснулись и желаютъ встать; но няня или въ самомъ дѣлѣ была недогадлива, или съ

112

умысломъ не хотѣла понять ихъ, только въ результатѣ все-таки получилось то, что она не вошла къ нимъ раньше девяти часовъ.

— Вы уже, кажется, проснулись?— сказала она, осторожно пріотворивъ двери.

— Давно, няня; мы только не могли встать, чтобы не обезпокоить папу и маму,

— И прекрасно сдѣлали; мама еще спитъ, раньше десяти едва ли встанетъ, а папа пошелъ немного прогуляться до утренняго чая.

— Прогуляться?— вскричалъ Сережа:— ахъ, какая досада, что мы не знали раньше, я бы тоже съ нимъ отправился.

— Успѣете еще нагуляться; цѣлое лѣто впереди, — отозвалась няня:— и, поставивъ ботинки мальчиковъ на полъ около ихъ кроватокъ, поспѣшила въ комнату Леночки, которую тоже застала проснувшеюся.

— Господи, твоя воля!— и эта не спитъ, воскликнула старушка, стараясь придать своему голосу ворчливый тонъ, что, впрочемъ, у нея плохо выходило, такъ какъ она слишкомъ любила Леночку, чтобы на нее сердиться, да и Леночка, собственно говоря, никогда ничего подобнаго не заслуживала.

— Не спитъ, не спитъ, — шутливо отозвалась дѣвочка, стараясь поддѣлаться подъ рѣчь няни и протягивая къ ней обѣ ручки.

— Что такъ рано проснулась, — продолжала старушка, взглянувъ на свою любимицу,— спать неловко было, что-ли, на новомъ мѣстѣ?

— Напротивъ, я спала превосходно... а проснулась раньше для того, чтобы день начался скорѣе.

113

Няня улыбнулась.

— Мнѣ хочется сейчасъ послѣ чая обойти весь садъ, заглянуть въ мою, любимую бесѣдку, заглянуть на птичій дворъ, на ферму, сбѣгать въ деревню, чтобы отдать деньги за курочекъ-мохнатокъ, а главнымъ образомъ скорѣе повидать Иришу, мы такъ давно съ ней не бесѣдовали, а ты вѣдь знаешь насколько эта бесѣда всегда доставляетъ мнѣ удовольствія.

— Только теперь ей, пожалуй, не до васъ.

— Почему?— тревожно спросила дѣвочка, какъ бы предугадывая въ словахъ няни нѣчто недоброе.

— Съ ней случилось несчастье.

— Несчастье?

— Да.

— Какое?

— Хорошенько всего сообщить не умѣю, потому что сама слышала отъ молочницы мелькомъ, знаю только, что она на прошлой недѣлѣ ходила на поденную работу къ одному сосѣднему помѣщику и тамъ у нея что-то вышло.

Неожиданное извѣстіе о несчастіи Ириши сразу омрачило личико Леночки, она молча встала, молча начала умываться, затѣмъ поспѣшно одѣлась, помолилась Богу и, наскоро выпивъ кружку молока, вмѣсто того, чтобы обойти садъ и птичій дворъ, какъ предполагала раньше, прямо отправилась въ деревню, на краю которой находилась-маленькая покосившаяся и даже какъ-то словно вросшая въ землю избушка родителей Ириши.

Отворивъ двери, Леночка очутилась въ давно знакомой ей

114

хижинѣ; все въ ней стояло попрежнему на мѣстѣ, каждая скамейка, каждый табуретъ, каждая тряпочка, казалось, оставалась неприкосновенной съ прошлаго года, только въ углу около окна, гдѣ помѣщался столярный столикъ, теперь никого не было.

Около печки копошилась мать Ириши; она, очевидно, разводила огонь и приготовлялась стряпать, кругомъ возилось трое ребятишекъ — всѣ они въ одинъ голосъ просили ѣсть и, жалобно всхлипывая, дергали бѣдную женщину то за рукавъ ситцевой кофточки, то за платье.

— Да подождите же, отстаньте! что я вамъ дамъ, вотъ картошка сварится сейчасъ, потерпите! — уговаривала мать, но ребятишки не унимались, въ особенности, когда одинъ изъ нихъ, самый старшій, объявилъ остальнымъ, что картошка будетъ безъ масла.

— Господи, какъ вы мнѣ надоѣли! — съ досадою вскрикнула женщина, очевидно выведенная изъ терпѣнія: — и грубо оттолкнула отъ себя ребятишекъ, которые тогда подняли такой гвалтъ, что Леночка заткнула уши.

— Ириша дома! — почти прокричала она на всю хижину, стараясь заглушить собственнымъ голосомъ пискливые голоски не на шутку расходившихся ребятишекъ.

Тогда мать Ириши повернула голову по направленію къ двери, а ребятишки моментально стихли.

— Ахъ, это вы, милая барышня, — отозвалась она, оставивъ работу и бросившись на встрѣчу Леночки, чтобы поцѣловать ея руку, — здравствуйте!

— Здравствуй, Матрена.

— Давно изволили пріѣхать?

— Только вчера вечеромъ, а сегодня вотъ, какъ видишь, пришла повидать Иришу, къ сожалѣнію, ее, кажется, нѣтъ дома.

Матрена вмѣсто отвѣта закрыла лицо руками и заплакала.

— Что съ нею, говорите скорѣе... она больна, съ нею случилось несчастіе!

— Да, милая барышня, такое несчастіе, такая бѣда стряслась, что не приведи Господи!

— Но что же именно, говорите скорѣе, ради Бога?

Матрена сквозь слезы поспѣшила въ короткихъ словахъ передать Леночкѣ, что Ириша въ прошлый понедѣльникъ отправилась на поденную работу къ одному сосѣднему помѣщику, гдѣ ей было приказано сначала вымыть полъ, а затѣмъ протереть четыре большихъ зеркальныхъ стекла, замѣнявшихъ на террасѣ обыкновенныя окна; съ тремя стеклами дѣвочка покончила благополучно, но когда начала вытирать четвертое, то въ комнату неожиданно вбѣжалъ водолазъ и, увидѣвъ ее, принялся лаять; она испугалась, хотѣла отмахнуться мокрымъ полотенцемъ, но по нечаянности ударила локтемъ объ стекло, которое въ тотъ же мигъ разлетѣлось въ дребезги, что оставалось дѣлать? конечно, сейчасъ же идти къ самой барынѣ и просить прощенія; но барыня была не изъ добрыхъ. Узнавъ о несчастій, случившемся со стекломъ, она пришла въ такую неописанную ярость, что набросилась на дѣвочку, какъ дикій звѣрь на добычу, и, приколотивъ ее чуть не до смерти, потребовала къ себѣ ея отца, чтобы заставить заплатить сколько слѣдовало за причиненный убытокъ.

— Сударыня, — отозвался столяръ: — вы говорите, что стекло стоитъ двадцать пять рублей, у меня нѣтъ такой

116

суммы, если продать всю нашу домашнюю утварь, то и тогда, пожалуй, столько не наберется.

— Я знать ничего не хочу, — отозвалась барыня: — и заявляю вамъ категорически, что если завтра къ девяти часамъ вечера на террасѣ не будутъ вставлены стекла, и если я не получу двадцать пять рублей, то я обращусь къ мировому.

Отецъ Ириши вернулся назадъ въ полномъ отчаяніи: откуда могъ онъ добыть стекло въ уѣздномъ городишкѣ, такъ какъ до большого губернскаго города было слишкомъ далеко, а главное, откуда взять денегъ, чтобы такъ или иначе пріобрѣсти его; но расходившаяся барыня не хотѣла ничего слушать, бѣдняга былъ вызванъ въ судъ и, за невозможностью немедленно пополнить причиненный дочерью убытокъ, приговоренъ къ тюремному заключенію на двѣ недѣли; что же касается Ириши, то она принуждена была взять поденную работу на какой-то фабрикѣ, гдѣ и сидѣла за дѣломъ съ утра до ночи, не разгибая спины, такъ какъ въ противномъ случаѣ ея больная мать и трое маленькихъ ребятишекъ, лишившись заработка отца, рисковали умереть съ голоду.

Леночка слушала разсказъ бѣдной женщины съ большимъ вниманіемъ, а когда послѣдняя кончила говорить, то серьезно задумалась надъ тѣмъ, какъ бы помочь ей, какъ бы выручить изъ бѣды несчастнаго, ни въ чемъ неповиннаго столяра и свою любимицу Иришу.

"Отдать ему всѣ деньги, которыя лежатъ въ копилкѣ, не покупать курочекъ-мохнатокъ" — мелькнуло въ головѣ дѣвочки.

— О, да, да, — вскричала она громко, отвѣчая на собственную мысль: но вѣдь денегъ-то тамъ не наберётся столько... недавно пересчитывала и оказалось всего девять рублей...

Какъ тутъ быть, что дѣлать! Во всякомъ случаѣ лучше что-нибудь, чѣмъ ничего... во всякомъ случаѣ эти деньги надобно передать Матренѣ, а курочки-мохнатки такія хорошенькія, онѣ такъ мило кудахтаютъ, такъ смѣшно разрываютъ ножками землю, стараясь отыскать тамъ какое-нибудь зернышко, у нихъ будутъ крошечные цыплятки, неужели отъ всего этого придется добровольно отказаться?.. Жалко вѣдь, досадно, обидно,— прошепталъ Леночкѣ какой-то невидимый голосъ, причемъ пылкое воображеніе такъ живо стало рисовать самыми яркими красками мохнатыхъ курочекъ, окруженныхъ цѣлой ватагой цыплятъ, которые, какъ клубочки, катались около, что Леночка готова была отказаться отъ своего добраго намѣренія,— но, по счастью, это продолжалось всего нѣсколько минутъ. Нельзя такъ разсуждать — одновременно слышался съ другой стороны такой же невидимый голосъ:— курочки-мохнатки прихоть, безъ нихъ обойтись можно, а тутъ возникаетъ вопросъ о насущномъ хлѣбѣ... тутъ говоритъ голодъ, нужда, крайность...

И, словно боясь, чтобы вновь не поддаться искушенію, Леночка, не простившись даже съ Матреной, поспѣшно соскочила съ мѣста, чтобы бѣжать но направленію къ дому.

Петя и Сережа, между тѣмъ, напились чаю, вытряхнули изъ копилки деньги, которыхъ оказалось около двадцати рублей и, весело подпрыгивая съ ноги на ногу, зашли сначала за Мишутой, сидѣвшимъ на своемъ обычномъ мѣстѣ, подъ деревомъ, а потомъ всѣ трое отправились къ избушкѣ дяди Ефима.

— Дядька дома?— обратился пастушекъ къ показавшейся на встрѣчу имъ дѣвочки.

— Нѣтъ, дядька ушелъ по дѣлу, а мнѣ велѣлъ сидѣть дома, чтобы ждать тебя и сказать, что если барченки желаютъ, то могутъ взять козлика хоть сейчасъ, за деньгами онъ зайдетъ послѣ.

— А гдѣ козликъ?

Дѣвочка указала пальцемъ на лужайку, за изгородью которой Петя и Сережа увидѣли разгуливавшаго сѣраго козлика, съ длинной бородой и рогами.

— Какъ онъ выросъ! совсѣмъ большой,— радостно вскричали мальчики.

— Еще бы въ годъ-то не вырости; для животныхъ годъ много значитъ,— серьезно отозвался Мишута — и, ловко перепрыгнувъ черезъ плетень, сталъ ловить козлика, но козликъ увертывался, упирался, ему, повидимому, не хотѣлось выходить изъ своей загородки, гдѣ онъ чувствовалъ себя превосходно; Петя и Сережа явились на помощь товарищу, послѣ чего имъ, наконецъ, общими силами удалось поставить на своемъ, т.-е. вытащить капризнаго козлика изъ-за изгороди и, приведя на мызу кое-какъ, съ большимъ трудомъ, виречь въ приготовленную заранѣе телѣжку.

— Ты садись кучеромъ,— сказалъ Сережа, обратившись къ старшему брату:— а мы съ Миш у той будемъ господами.

Петя кивнулъ головою и не заставилъ дважды повторять себѣ пріятное для него предложеніе.

— Ну, ну, впередъ,— крикнулъ мальчикъ, примостившись на облучкѣ и дернувъ вожжами, когда Сережа и Мишута усѣлись на деревянную скамейку, замѣнявшую сидѣнье.

Но козликъ вмѣсто того, чтобы трогаться впередъ, сталъ во всѣ стороны мотать головою и какъ-то оригинально присѣвъ на заднія ноги, не двигался съ мѣста.

— Стегни его хорошенько,— посовѣтовалъ Сережа.

— Нѣтъ, баринъ, стегать не нужно,— возразилъ. Мишута:— это только можетъ разсердить его и будетъ хуже, я сойду и возьму за поводъ.

Съ этими словами маленькій пастушекъ въ одинъ мигъ выпрыгнулъ изъ телѣжки, обѣжалъ кругомъ и, смѣло взявъ въ руки поводъ, принялся тащить козлика, который, однако, продолжалъ попрежнему упираться: до тѣхъ поръ, пока Сережа, наконецъ, потерявъ терпѣніе, не стегнулъ его кнутомъ, вопреки совѣту Мишуты; тогда, не долго думая, козликъ взвился на дыбы, съ силою оттолкнувъ въ сторону Мишуту, вырвалъ изъ его рукъ поводъ и стремглавъ понесся впередъ, увлекая за, собою телѣжку съ находившимися въ ней сѣдоками.

— Держите прямо по дорогѣ, не сворачивайте въ сторону, тамъ оврагъ!— кричалъ Мишута вслѣдъ, быстра удалявшимся товарищамъ; но Петя, во-первыхъ, не могъ разслышать голоса мальчика, такъ какъ шумъ катившихся колесъ заглушалъ его, а во-вторыхъ, былъ положительно не въ состояніи совладать съ козликомъ, который съ каждою минутой мчался впередъ все быстрѣе и быстрѣе.

— Помоги натянуть вожжи я больше не въ силахъ его сдерживать,— обратился онъ къ Сережѣ.

Сережа, блѣдный, какъ полотно, дрожащими руками схватился за вожжи, которыя въ концѣ-концовъ не выдержали такого сильнаго напора и лопнули.

Козликъ, почувствовавъ себя на свободѣ, сдѣлалъ крутой оборотъ и повернулъ въ сторону, причемъ телѣжка наѣхала на камень и опрокинулась; Сережу откинуло въ сторону, а Петю протащило впередъ на цѣлую сажень, по счастью, однако, оба они отдѣлались только однимъ испугомъ да легкими царапинами, что же касается телѣжки, то она оказалась разбитою на мелкія части, а самъ козликъ совершенно искалѣченнымъ.

Въ тотъ моментъ, когда онъ мчался вдоль оврага съ окровавленными ногами и разбитой телѣжкой, навстрѣчу ему показался его бывшій хозяинъ дядя Ефимъ, который въ это время какъ разъ возвращался съ поля.

Узнавъ козлика и догадавшись въ чемъ дѣло, Ефимъ бросился за нимъ въ погоню, а Петя и Сережа повернули назадъ по направленію къ дому; сначала они шли молча, и, видимо охваченные сильнымъ волненіемъ, едва могли сообразить, что съ ними приключилось, но затѣмъ, когда волненіе мало-по-малу улеглось и притихло, повели длинную бесѣду по поводу всего случившагося; обоимъ вдругъ почему-то припомнилось, что папа и мама, выражая свое удовольствіе касательно экзаменовъ и ихъ отмѣтокъ, будто иначе выражали его Леночкѣ.

Петя, отъ природы болѣе сообщительный, чѣмъ меньшой братъ, поспѣшилъ выразить громко свою мысль, Сережа въ первую минуту ничего не отвѣчалъ, но затѣмъ, послѣ довольно продолжительной паузы, проговорилъ упавшимъ голосомъ.

— Да, такъ оно и должно было быть; Леночка трудилась изъ принципа, мы же руководствовались разсчетомъ.

Петя опустилъ глаза: онъ сознавалъ, что братъ былъ правъ, и въ глубинѣ души даже приписывалъ печальный результатъ первой пробы катанья на козликѣ какъ бы наказанію свыше за то, что они трудились не изъ принципа, какъ трудилась Леночка, а изъ разсчета.

— Насколько я стремился прежде, чтобы пріобрѣсти

козлика, и радовался возможности кататься на немъ, настолько теперь все это утратило для меня свою прелесть, и еслибы Ефимъ согласился оставить у себя козлика, то я бы ничего не имѣлъ противъ.

— И я тоже,— отозвался Сережа:— но только вотъ какъ на счетъ денегъ, куда употребить ихъ.

Петя улыбнулся.

— Этотъ вопросъ рѣшить легко, — возразилъ онъ тѣмъ шутливымъ тономъ, какимъ обыкновенно говорятъ большіе съ-маленькими, и съ какимъ часто обращался къ Сережѣ, чтобы дать понять послѣднему, что онъ старше его на цѣлые два года:— были бы деньги, а употребить ихъ всегда можно.

Разсуждая подобнымъ образомъ, мальчики подошли къ дому, гдѣ застали мать и отца въ большой тревогѣ за нихъ, такъ какъ вѣсть о случившейся катастрофѣ съ козликомъ успѣла уже проникнуть на мызу, черезъ одного изъ крестьянъ, который возвращался вмѣстѣ съ Ефимомъ и собственными глазами видѣлъ все.

— Слава Богу, что вы живы,— сказалъ папа, нѣжно цѣлуя мальчиковъ:— надѣюсь, подобныя прогулки больше не будутъ повторяться.

— О, да, да, конечно; мы даже намѣрены вовсе не покупать козленка, если только Ефимъ согласится оставить его у себя,— отозвался Петя.— Но, Леночка, что съ тобою?— добавилъ онъ, обратившись къ сестренкѣ, которая задумчиво сидѣла въ сторонѣ и казалась чѣмъ-то сильно разстроенною.

Леночка подробно сообщила печальную исторію маленькой Ириши и сказала въ заключеніе, что ей крайне тяжело, что она не можетъ оказать дѣвочкѣ помощь на- столько существенную, насколько ей бы хотѣлось.

— Неужели стекло въ самомъ дѣлѣ стоитъ двадцать пять рублей? — спросилъ Сережа.

— Такъ по крайней, мѣрѣ его цѣнятъ тѣ господа, у которыхъ Ириша работала; они говорятъ, что оно не простое, а зеркальное.

— А если вмѣсто стекла ей отдадутъ деньги, столяра освободятъ?

— Навѣрное; Матрена говоритъ, что объ этомъ еще вчера была рѣчь, но откуда же бѣдная женщина можетъ достать такую сумму, для нея это цѣлый капиталъ... Я отнесла ей сегодня все то, что находилось въ моей копилкѣ, но тамъ всего девять рублей...

— Ты отнесла ей все, что находилось въ твоей копилкѣ? — повторилъ Сережа, и затѣмъ какъ-то многозначительно взглянулъ на брата.

— Почему бы и намъ не поступить такъ же, — тихо отозвался Петя. — Ты согласенъ?

— Конечно.

Въ эту минуту дверь, ведущая въ сосѣднюю комнату, отворилась и на порогѣ показалась горничная Маша.

— Крестьянинъ Ефимъ, родной дядя того пастушка, Мишутки, который часто приходитъ сюда играть съ ними, съ маленькими господами, проситъ позволенія о чемъ-то переговорить съ ними, — доложила она, взглянувъ на Петю и Сережу.

— Вѣрно за деньгами, — въ одинъ голосъ отозвались оба мальчика.

— Ступайте, — сказалъ папа: — если даже козликъ убитъ, то

вы во всякомъ случаѣ должны отдать за него сколько слѣдовало по условію.

Мальчики повиновались.

— Я къ вамъ, господа, съ большою просьбою,— заговорилъ Ефимъ, когда они вышли къ нему въ прихожую.

— Ты хочешь получить деньги, мы ничего не имѣемъ противъ,— поспѣшилъ отвѣтить Петя.

— Нѣтъ, баринъ, не то,— перебилъ Ефимъ.

— А что же?

— Да ужъ больно жаль мнѣ козленка, совсѣмъ искалѣчился бѣдняга, заднія ноги ободраны, переднія тоже порядочно избиты, самъ дрожить, ни ѣсть, ни пить не хочеть... Позвольте оставить его у себя и полечить.

— То-есть ты хочешь, чтобы онъ до поправленія остался у тебя? Пожалуй, пусть останется; что же касается денегъ, то ты можешь получить ихъ сейчасъ...

— Не надо, баринъ, денегъ, я не хочу совсѣмъ продавать его.

Желаніе добраго крестьянина какъ разъ совпадало съ желаніемъ маленькихъ героевъ, которые тѣмъ не менѣе почти силою заставили его взять хотя немного денегъ, а остальныя въ тотъ же день отнесли Матренѣ.

Трудно описать восторгъ бѣдной женщины; она, обливаясь слезами, покрывала горячими поцѣлуями руки обоихъ мальчиковъ, не находила словъ, чтобы достаточно выразить свою благодарность, и затѣмъ немедленно отправилась къ помѣщицѣ, засадившей ея мужа въ тюрьму, и внесла, согласно требованію, двадцать пять рублей, послѣ чего столяръ былъ освобожденъ почти сейчасъ же; вслѣдъ за нимъ вернулась домой Ириша.

Усиленная работа на фабрикѣ, въ душной атмосферѣ и постоянное напряженное состояніе такъ подѣйствовали на бѣдную дѣвочку, что она успѣла даи, е осунуться за то короткое время, которое провела тамъ: съ чувствомъ глубокой признательности бросилась бѣдняжка на шею своей маленькой избавительницы и ея братьевъ, которые чувствовали себя совершенно счастливыми тѣмъ безграничнымъ счастьемъ цѣлой семьи бѣднаго столяра, котораго они своимъ благороднымъ поступкомъ выручили изъ такой большой бѣды; теперь только поняли мальчики значеніе глубокой истины, что настоящее счастье заключается не въ томъ, чтобы быть самимъ счастливыми, а въ томъ, чтобы достигнуть возможности устраивать счастье своего ближняго; они нисколько не сожалѣли о невозможности осуществить завѣтную мечту, съ увлеченіемъ толковали по поводу всего случившагося вплоть до самаго обѣда, и разговоръ на эту тему, по всей вѣроятности, затянулся бы еще болѣе, еслибъ они не увилѣли изъ окна Мишутку, который, очевидно, направлялся въ комнаты, и выбѣжали къ нему на встрѣчу.

— Что съ тобою?— крикнулъ Петя, замѣтивъ, что мальчикъ прихрамываетъ. Мишута махнулъ рукой.

— Скажите лучше, что съ вами?— въ свою очередь спросилъ онъ:— я боялся, что козликъ разобьетъ васъ.

Сережа подробно передалъ исторію катастрофы и то, что за нею послѣдовало.

— Вотъ какъ!— отозвался Мишута, приложивъ указательный палецъ къ губамъ и какъ-то глубокомысленно задумываясь.— Конечно... вы облагодѣтельствовали семью Ириши... они вѣчно будутъ молить за васъ Бога.

— Они очень бѣдны, имъ отъ времени до времени

помогаютъ всѣ, кто только можетъ, но такой существенной помощи, понятно, никто изъ насъ не оказывалъ, потому что намъ самимъ взять неоткуда, напримѣръ, я въ настоящую минуту охотно тоже отдалъ бы накопленныя на покупку челнока деньги, но онѣ всѣ уйдутъ на домъ, — мама тоже сильно нуждается.

— А какъ же челнокъ? — съ удивленіемъ спросилъ Сережа.

— Богъ съ нимъ, съ челнокомъ, мнѣ его не надобно. Я чуть не утонулъ сегодня, рѣшивъ прежде чѣмъ купить его, попробовать немного прокатиться по озеру... Не успѣлъ отчалить отъ берега, какъ онъ взялъ да и опрокинулся, и я навѣрное пошелъ бы ко дну, еслибы сторожъ Иванъ, случайно проходившій мимо, не увидалъ меня и не вытащилъ.

— Значитъ, и твоя покупка тоже не состоится по примѣру нашей.

— Значитъ, мы останемся безъ козлика, ты безъ челнока, а Леночка безъ курочекъ-мохнатокъ, — сказали мальчики — и, взявъ за руки сестренку, потащили ее въ избушку Ефима, чтобы навѣстить козлика, который одинъ пострадалъ во всей исторіи.

Благодаря заботамъ Ефима, козликъ, однако, скоро поправился, но при этомъ остался хромымъ на всю жизнь, вслѣдствіе того, что правая. передняя лапка оказалась совершенно разбитою.

Петя и Сережа въ продолженіе всего пребыванія въ деревнѣ почти ежедневно приносили ему какой-нибудь гостинецъ, въ видѣ сухаря, булки, кусочка сахару, а передъ возвращеніемъ въ городъ даже срисовали его портретъ, который вышелъ довольно удачно и который они затѣмъ вставили въ очень красивую рамку, украшенную золотыми кнопками.